魔法史に載らない偉人

A great man who does not appear in magic history

～無益な研究だと魔法省を解雇されたため、新魔法の権利は独占だった～

著：秋　イラスト：にもし

「シャノンだな？」
アインが名を呼ぶ。

すると、静かに彼女は顔を上げ、
まん丸の青い瞳を向けてきた。
薄桃色の長い髪がふわりと揺れる。
「迎えに来た。今日からオレが父親だ」

「シャノン、5さいっ！　あーただれ？」
金髪の少女は冷たい視線でシャノンを見下ろし、
優雅な所作で指をさす。

「不合格ですわ！」
入室から僅か十秒の出来事であった

シャノンは裾を持ち上げたり、くるりと回転したり、
わざとらしく制服をアピールしている。
「あー……似合ってるぞ……」

「おざなり！　ばつ！」
シャノンが両手を激しく交差した。

A great man who does not appear in magic history

CHARACTER

アイン・シュベルト

優れた能力を持ちながら「学位がない」という理由で冷遇を受ける一級魔導師。史上十三番目の基幹魔法《歯車体系》の実現を目指して研究に明け暮れている。

シャノン

アインが養女として孤児院から引き取った少女。魔法の才能があり、彼女を魔導師として育て上げることが、アインが魔法省で研究を続ける条件だった。

ギーチェ・バルモンド

聖軍総督直属の実験部隊「黒竜」隊長。元々は魔導師を志しており、アインとはアンデルデズン魔導学院の元学友である。

アナスタシア・レールヘイヴ

《六智聖》の一人【鉱聖】アウグスト・レールヘイヴの一人娘で、【石姫】の二つ名を持つ。シャノンとはアンデルデズン魔導学院幼等部でのクラスメイト同士。

デザイン:鈴木 亨

魔法史に載らない偉人

A great man who does not appear in magic history

〜無益な研究だと魔法省を解雇されたため、新魔法の権利は独占だった〜

著‡秋　イラスト‡にもし

原作漫画／講談社『マガジンポケット』連載

§1. 無学位の天才魔導師

鐘の音が鳴り響いている。

(——あくまのこえが、きこえるよ)

孤児院の一室で幼い少女が一人、怯《おび》えた瞳で虚空《こくう》を見つめていた。
その青い目が、異様な輝きを放っている。

(——いつもわるいことがおこるの)

そんな風に、少女は考える。鐘の音が一層大きく響いた気がした。
『防衛塔《ぼうえいとう》より全王都民へ。王都上空に魔導流星が出現。ただちに防衛エリアに避難せよ!』
外からは聖軍《せいぐん》による避難指示が響いている。

巨大な隕石《いんせき》——魔導流星が迫っているのだ。

彼女はただ震えていた。

（——すごくこわくて、なみだがでる。だけど）

少女は窓の外の、空を見上げる。

そこに、魔導流星が突っ込んできていた。

（いいこにしてれば、ぱぱがむかえにきてくれる。ずっと、そうしんじてた——）

§　§　§

王都アンデルデズン。

絶え間なく警鐘が鳴っている。

城壁に囲まれた大都市に、魔導流星が降り注いでいた。

王都にそびえる巨大な塔——聖軍都市防衛塔から砲門のような三つの立体魔法陣が形成されている。

「迎撃術式展開完了」

魔法陣の砲塔から炎弾を放つ【爆砕魔炎砲《ボルクス》】にて、魔導流星を撃ち抜き、粉々に砕く予定であった。

しかし――

「でか。無理だろ」

落ちてくる巨大な魔導流星を眺めながら、その魔導師は言った。

長身で真っ白な法衣を纏《まと》い、古い木の杖《つえ》を手にしている。銀の髪と金色の瞳。少年に見まがうほどに、その顔はあどけない。だが、歳《とし》は二〇をすぎている。

男の名はアイン・シュベルト。

一級魔導師である。

§ § §

聖軍都市防衛塔。

室内には、遠見の大鏡が円を描くように敷き詰められている。鏡には王都の各区域の様子や、迫り来る巨大な魔導流星が鮮明に映し出されていた。

「全砲撃着弾」

「魔導流星アンスズ健在。でかすぎます！」

魔導流星を撃ち落とさんとする魔導師たちの声が飛び交う。

今まさに都市に迫りくる魔導流星に【爆砕魔炎砲《ボルクス》】は直撃した。だが、大きすぎて、まったく破壊することができないのだ。

「誘導術式開始」

「だめです！　効きません！」

「魔法結界第四層突破！」

「防護エリアの結界強度を上げろ！」

「しかし、着弾エリアが手薄に！」

「避難警鐘は鳴らした！　人はおらん！」

隊長の決断に、魔導師たちは息を呑《の》む。

魔導流星が落ちるエリアは捨てて、他の結界を強めようというのだ。

そして、それは彼らが取れる最も効率的な選択だった。

§　§　§

王立ハインズ孤児院。

五、六歳ほどの女の子が、ぼんやりと床に座り込んでいる。混乱で大人の目が行き届かなかったか、彼女は事態を把握していないようだ。

風を切り裂くような轟音《ごうおん》が鳴り響き、窓の外が光った。

彼女は窓越しに空を見上げる。

その瞳には、落ちてくる魔導流星が映っていた。

直後、無慈悲にも魔導流星が孤児院に突っ込み、爆砕した建物の破片が四方へ吹っ飛んでいく――

だが、寸前でピタリと止まった。

「【相対時間停止《レズン・ネゼ》】」

そこに現れたのは、一級魔導師アイン・シュベルトである。

チッと彼は軽く舌打ちした。

「魔導災害はうちの管轄じゃないぞ。魔法省じゃ人命救助のマナは経費にならないってのに」

ぼやきつつも、平然と歩を進め、空中に停止した破片の脇を通り過ぎていく。

展開された立体魔法陣は、孤児院の敷地《しきち》一帯を球形に包み込んでいた。

爆砕した建物の破片はどれも不自然に宙に止まっており、揺らめく炎や噴煙もまるで固体のように停止していた。

アインは法衣から写真を取り出す。

そこには小さな女の子が写っていた。

「しかし警鐘鳴ってて逃げ遅れるか？　馬鹿じゃなきゃいいんだがな」

時が止まった空間の中、爆砕した孤児院の中心へ彼は赴く。

辿《たど》り着《つ》いたのは魔導流星が大穴を開けた部屋。

その床にへたり込んだ小さな女の子がいた。

「シャノンだな？」

アインが名を呼ぶ。

すると、静かに彼女は顔を上げ、まん丸の青い瞳を向けてきた。薄桃色の長い髪がふわりと揺れる。

「迎えに来た。今日からオレが父親だ。孤児院の許可は下りている」

シャノンは目を丸くする。

じわり、とその瞳に涙が滲《にじ》み、ぽたぽたと床にこぼれ落ちた。

「なぜ泣く？　もう心配がないことは自明だろう」

そうアインが言ったが、シャノンはますます泣いた。

（……なぜ泣く？　これだから子どもは……）

解《げ》せないといった表情を浮かべ、アインはひとしきり考える。シャノンが泣《な》き止《や》む気配はない。彼ははたと名案を思いつき、しゃがみ込んだ。

「花火は好きか？」

するとシャノンは涙を拭いながら、アインの顔を見返した。

「はなび……？」

ニヤリと笑い、アインは彼女をひょいと持ち上げた。停止している魔導流星に彼は杖《つえ》を向ける。

「【相対時間遡行《レズン・エスク》】」

杖《つえ》で時計型の魔法陣を二つ描けば、秒針が逆時計回りに進んでいく。

すると、地面にめり込んでいた魔導流星が浮かび上がり、四散した孤児院の破片が戻ってくる。

まるで孤児院と魔導流星の時間だけを逆再生するかのようにみるみる建物は修復され、魔導流星は遥《はる》か上空で停止した。

「そら」

魔導流星が光と化して四散する。

夜の空に、光の大瀑布《だいばくふ》のような鮮やかな花火が咲いた。

「たーまやー」

アインに抱えられながら、それを窓越しに見上げているシャノンは、青い瞳をキラキラと輝かせ、楽しそうに声を上げた。

さっきまでの涙など吹き飛んでしまったかのように彼女は満面の笑みでそれを眺め続けた。

§　§　§

「もいっかいっ！」

床に下ろされたシャノンは瞳を爛々《らんらん》とさせながら、ねだってくる。

「魔導流星を原料にした花火だ。もう一回と言われてもな」

アインが冷静に説明する。

「げんりょーいる？」

ぴょんぴょんと飛び跳ねながら、彼女が聞く。

「そうだ」

「まどーりゅうせいくればいい？」

「あれは災害だ。原因も、いつ来るかも不明だ」

「シャノン、しってる。あくまの……！」

はっとしたようにシャノンは自分の口を手で押さえる。

「なんだ？」

（あくまのことしったら、おむかえなしになる。でも、はなびみたい！）

アインが訝《いぶか》しむ。

シャノンは考え、はっと思いついた。

そして、アインにピースをしてみせるのだ。

「シャノン、げんりょーになる！」

「死ぬぞ」

「だいじょうぶ。シャノン、がまんつおい」

そう言いながら、シャノンは両拳を握って胸を張る。

「オマエが花火になったら、誰が見るんだ？」

ようやく気がついたか、彼女はがっかりしたような表情を浮かべた。

「……はなび、できない？」

気落ちするシャノンを見て、アインは僅かに怯《ひる》んでいた。

「まあ……魔導流星はいくつか王都に落ちた。それを使えば――」

そこで言葉を切り、アインは視線を鋭くする。

足音が聞こえた。

続いて、大きく声が響く。

「孤児院内の魔術士へ告ぐ。こちらは王都アンデルデズン聖軍都市《せいぐんとし》防衛隊《ぼうえいたい》。魔法禁止区域での魔法行使を確認した。ただちに退去し、魔法証書を開示せよ！」

「待っていろ」

そうシャノンに言うと、アインは孤児院の外へ出た。

弧を描くように都市防衛隊の魔術士が並んでいる。アインを警戒していた。

「こちらは魔法省だ。逃げ遅れた子どもがいたため保護した」

アインはそう口にすると、空中に指先で文字を描く。

魔法で羊皮紙が具現化すると、歩み出た都市防衛隊の魔術士に手渡した。魔術士の魔眼が光り、その魔法証書を確認している。

「失礼しました。一級魔導師、アイン・シュベルト殿。ご協力、感謝します」

警戒が解けたか、魔術士たちの魔法障壁が解除される。

アインが孤児院の入り口を振り向くと、シャノンが覗《のぞ》き込《こ》んでいた。

彼女は花火を見たとき以上に、目をキラキラと輝かせていた。

(いっきゅうまどうし、ちてき‼)

どうやら少女は魔導師に憧れを持っているようだ。

「来い。孤児院よりはまともな暮らしを保証する」

アインがそう言うと、シャノンは慌てたように駆けてきて嬉《うれ》しそうに彼の足にくっついた。

意味がわからず、アインは怪訝《けげん》そうな表情を浮かべる。

「アイン殿、失礼ですが、その子をどちらへ？」

不思議に思った都市防衛隊の魔術士が、そんなことを尋ねてきた。

「今日付でオレが引き取った。許可は出ている」

アインは再び空中に文字を描き、羊皮紙を具現化した。貴族院伯爵のサインがある。孤児院の子どもを無審査で養子にできる特別な許可証だ。

「確かに」

アインは歩き出そうとする。

だが、シャノンは足にしがみついたままだ。

「おい。自分で歩けないのか？」

「あーるーけーなーいー」

そう言いながら、シャノンはアインの足にくっついている。

「あれ？　これ変じゃないか？」

魔術士の一人が、先ほど受け取ったアインの魔法証書と許可証を指さして言う。

「ほら、学位が空欄だ」

「取れなかったんだろう。その場合はそうなる」

もう一人の魔術士がそう答えた。

「あの腕で？　魔導師だぞ」

「そもそも学位がなきゃ、魔法研究なんてうまくいきっこない」

はっとして、魔術士は慌てて口を噤《つぐ》む。すると、もう一人の魔術士はうつむき、思い出すように言った。

「……前にうちの隊長が言っていた。無学位の天才魔導師が魔法省にいると」

去っていくアインに、彼らは視線を向けたのだった。

§2. 魔法の練習

王都アンデルデズン。湖の古城前。

「おおぉ……！」

青い瞳を輝かせ、シャノンは感嘆の声を上げた。

目の前には湖があり、中央の島に古城が建っていた。

「おしろのいえ……！」

「安い古城を買い取った。今日からオマエの家だ」

「シャノンのいえっ？　これ、ぜんぶっ？」

大きく両手を広げて、シャノンは言った。

「そうだ」

「おうさま、なれる！」

シャノンは古城へ向かって駆け出し、湖の畔《ほとり》でピタリと止まる。

キョロキョロと不思議そうに辺りを見渡している。あるべきはずのものがないのだ。

「橋はないぞ」

その脇を通り過ぎ、アインが湖の上を歩いていく。足は沈むことなく、水面に浮遊していた。

「シャノン、うけない……！」

「心配するな。身内は浮く」

アインがそう言うと、シャノンは湖の畔《ほとり》に上半身を残しながら、恐る恐るといった風に片足で水面をちょこんと突く。

水の中に足が入ってしまうことなく、魔法の力でふわりと浮かぶ。

「シャノン、うく！」

ぱっと表情を輝かせて、シャノンは水面にうつぶせになり、そのまま滑っていく。

まるで空を飛んでいるように、両手をピンと前に伸ばしている。

「早く来い」

城の扉を開きながら、アインが言った。

§　§　§

湖の古城。エントランス。

「オレはアイン・シュベルト。オマエは今日からシャノン・シュベルトだ」

「シャノン・シャベリテ！」

シャノンが脳天気な笑顔で、堂々と間違えた。

頭の出来を疑うような目でアインは彼女を見た。

「……。……オレの名前は？」

「ぱぱ！」

ビシィッとシャノンは得意げにアインを指さす。

「パパはアイン・シュベルト。魔法省第一魔導工房室の室長です。言ってみろ」

「ぱぱはシャベル、まほうしょてんで、いちばんひつようだとおもいます！」

こいつはダメだ、といった表情でアインは引き取ったばかりの我が子を見た。

一方のシャノンは完璧に言い切ったつもりなのか、自信満々に胸を張っている。

「最初に言っておくぞ。オマエを養子にしたのは研究のためだ」

「けんきゅう？」

「うちの所長はド変人の博愛主義でな。魔力持ちの孤児を引き取って魔導師に育てろとのお達しだ。そうすれば、オレの馬鹿な研究を続けてもいいってな」

「ぱぱのけんきゅうは、ばか？」

素直にシャノンが聞く。

それが禁句だったか、途端にアインはわなわなと肩を震わせ、鬼のような形相で言った。

「……アイツらが無能すぎて理解できねえんだよ……！　言っておくがオレは天才だぞ。いや天才なんて生ぬるいもんじゃねえ。魔法史に名前を残す偉人じゃねえのっ！　それが成功するかわからない？　はー！　わからないから研究してるんだが！」

ほえー、とシャノンは突如憤慨《ふんがい》したアインを見上げている。

気を取り直したように、彼はしゃがみ込んで娘と視線を合わせた。

「つまり、オマエには立派な魔導師になってもらうってことだ。わかるな？」

「まじゅつしなる」

元々興味があったのだろう。いきなり言われたにもかかわらず、シャノンはやる気を見せる。

「魔導師だ」

と、アインは訂正した。

シャノンは疑問を両目に貼り付け、ぱちぱちと瞬《まばた》きをした。

「魔術士は魔法を使うだけだろ。魔導師は魔法の産みの親、つまり研究者だ」

閃《ひらめ》いたといったようにシャノンは表情を明るくする。

「まどうしのが、えらい」

「その偉い魔導師に必要なものがなにかわかるか？」

「かしこい？」

「そうだ。言われたことは一回で覚えろ。馬鹿な娘は不要だ」

無表情でアインは冷酷無慈悲に告げる。

「パパはアイン・シュベルト。魔法省第一魔導工房室の室長です。言ってみろ」

天真爛漫《てんしんらんまん》な笑みでシャノンは指を一本立てる。

「ぱぱは、すごいまどうし。おうとでいちばん」

ギロリ、とアインは鋭い視線を飛ばし、右手を上げる。

そのまま右手を前へ出し——そしてシャノンの頭を撫《な》でた。

「よし。わかってるな。それが一番大事なことだ」

§　§　§

エントランスを通り過ぎ、アインは廊下を歩いていた。

その後ろをシャノンがついていく。

「中を案内する。オマエの部屋を選べ」

まずアインは書斎にシャノンを案内した。

古い蔵書が本棚にぎっしりと詰まっている。

木製の机と椅子があった。

「ここが書斎」

本は好きに読んでいいことなどを説明した後、アインはまた別の部屋に移動した。

金の刺繍《ししゅう》が入った絨毯《じゅうたん》が敷かれている。

数脚のソファとローテーブルがあり、天井からはシャンデリアが下がっていた。

「応接間だ」

一通りシャノンに部屋の中を見せた後、再び移動する。

様々な部屋をアインは案内していくが、シャノンは楽しそうに見物するばかりで、自室を決める気配はない。

やがてやってきたのは、だだっ広い一室である。

天井が高く、一〇〇名は入れそうだ。

テーブルクロスのかかった丸いテーブルがいくつも置いてあった。

「バンケットルーム」

シャノンは目を輝かせ、楽しそうに走り回った。

「まだ決まらないのか？」

「あっちは？」

シャノンは廊下の奥の方にある扉を指さした。

「ああ」

アインが歩き出す。

二人がやってきたのは、城の中でも一際《ひときわ》豪奢《ごうしゃ》な造りの一室だ。

奥行のある部屋の向こう側には、荘厳《そうごん》な玉座があった。

「玉座の間だ」

「かっこいいイス！」

目を奪われたように駆け出したシャノンは、嬉《うれ》しそうに玉座に座った。

そのときだ。

『触るな』

おどろおどろしい声とともに、シャノンの首筋になにかが触れる。

彼女は震え上がって玉座から立ち上がり、逃げるように走ってアインに抱きついた。

「へんなこえした！」

「変な声じゃない」

玉座の後ろに現れた不気味な幽霊を見ながら、彼は平然と言ってのけた。

「低級ゴーストだ」

シャノンはガタガタと肩を震わせる。

「心配いらん。古い城にはつきものだ。うちは魔法研究をやってるからな」

アインはそう説明したが、シャノンは大きく口を開き、怯《おび》えきった目で低級ゴーストを見つめている。

「害はないぞ。触ってみろ」

低級ゴーストは人間に悪影響を与えるほどの力はない。

せいぜい触れたり、呻《うめ》いたりして、驚かすのがいいところである。

だが、小さな子どもにとって怖いものは怖い。

シャノンは震えながら、アインの腕にぎゅっとしがみつくばかりだ。

彼はため息をつく。

そして、低級ゴーストに掌《てのひら》を向けた。

「【浄化《プレア》】」

放射された光に包まれ、瞬《また》く間《ま》に低級ゴーストが消え去った。

「浄化したぞ。これで問題ないだろ？」

シャノンはアインにくっついたまま離れようとしない。

アインは困惑した表情を見せる。

（なぜ離れん？）

と、彼は疑問に思った。

（まあ、確かにまた出ることも……）

すぐにそう思い直し、彼はニッと笑った。

「よし。オマエ、魔法を使ってみるか？」

僅かにシャノンは顔を上げ、上目遣いでアインを見た。

「【浄化《フレア》】が使えれば、もう怖くないだろ」

すると、シャノンは期待半分、不安半分といった風に聞いた。

「……シャノン、できるかな？」

「簡単だ」

「…………」

シャノンは不安そうにしながらもきゅっと唇を引き結び、

「やる」

と、答えた。

§3．小さな絆《きずな》

「手を出せ」

シャノンがピッと手を伸ばす。

アインは彼女の後ろに立ち、それを補助するように手を置いた。

「【浄化《プレア》】は最も基礎的な魔法だ。手に意識を集中しろ」

シャノンは真剣な表情で手に力を入れた。

すると、シャノンの手の平にうっすらとした光が見えた。

「よし。それがオマエの魔力だ。体内を循環している魔力を指先に集め、外に出せ」

放出された魔力はそれだけでは外界に大きな影響を与えることはないが、魔法体であるゴーストには干渉し、消滅させることが可能だ。

それが【浄化《プレア》】。

魔法陣を使わない最も基礎となる魔法である。

「や――――」

シャノンは体に力を入れ、手の平を突き出した。

しかし、手の光はフッと消えた。

「あ………」

「もう一度だ。思いきりやってみろ」

アインが言う。

「や――――」

ぐっとシャノンが手を引き、力を入れる。

手の光がますます強く輝いた。

その様子を、アインが興味深そうに観察していた。

(魔力光《まりょくこう》が強いな。体内の魔力がここまで見えることは滅多にない)

シャノンが手を突き出したとき、魔力の光がまたしても消えた。

(その分、制御は至難を極める。一定の魔力を超えると、逆に魔法が使えないという論文があるほどだ。だが、使えるなら――)

シャノンは虚《うつ》ろな瞳をしたまま、がっくりと肩を落とす。

気落ちした声で、彼女は言った。

「……きょうはおわりする」

「なにっ？　簡単に諦める奴《やつ》があるか。もう一度だ」

アインがそう鼓舞するも、彼女は背を向けたままである。

「魔導師になる約束だろ」

アインが手を伸ばそうとすると、

「やぁだぁ！」

それを振り払って、シャノンは部屋を飛び出していった。

「…………」

（全然わからん。さっきまで、やる気だっただろうに）

途方に暮れたように立ち尽くしながら、アインはシャノンが走り去っていった方向を見つめた。

ため息を一つつくと歩き出し、彼は城内を探し始める。

「シャノン？　シャノン、どこだ？　出てこい」

しかし、どこに隠れているのか、散々歩き回ったが、シャノンの姿は一向に見つけられなかった。

（どこに隠れたんだ？　もうぜんぶ探したぞ）

困ったようにアインは頭に手をやった。

「これだから嫌なんだ。子どもは自分で約束したことも――」

そうぼやいた直後、ふとアインの脳裏によぎったのは、かつて学生だった頃にある大人の魔導師に言われたことだ。

『話が違う？　君が自分でやると口にしたのだろう。大人になりたまえ』

よくあることだ。

他人を思い通りに動かしたい大人が、言葉巧みに騙《だま》したことを、相手の自発的な行動にすり替える。

そんなものは、約束とは呼ばない。

シャノンに魔導師になる約束を断る選択肢が果たしてあったのか？

アインはうつむき、魔法陣を描く。

「【魔音通話《テスラ》】」

§　§　§

玉座の間。

玉座の陰に隠れ、シャノンはうずくまっていた。

ぽたぽたと涙をこぼし、泣き続けていた。

『とんだできそこないだねぇ。産むんじゃなかったよ！』

彼女の頭に蘇《よみがえ》ったのは、母の心ない言葉だ。

涙がとめどなく溢《あふ》れ、床を濡《ぬ》らした。

そのとき、声が響いた。

『シャノン、聞こえるな？』

驚いたシャノンは、キョロキョロと辺りを見回す。

『【魔音通話《テスラ》】の魔法で話しかけている。近くにはいない』

魔音を遠くに飛ばし、遠隔地で会話をする魔法である。

通路にいるアインは、その場に座り込み、シャノンとの話に集中していた。

『悪かったな』

シャノンは顔を上げ、目を丸くしていた。

『オマエ、本当は魔導師になりたくないのか？』

シャノンは答えない。

それでも、アインは不器用に、訥々《とつとつ》と彼女に語りかける。

『別にいいぞ。オマエが魔法を好きになれないなら、それはオレの責任だ。オマエにはなりたいものになる権利がある』

その言葉は魔法の音となって、離れているシャノンに届く。

『その権利を守る義務がオレにはある。覚えておけ』

数秒の沈黙。

「ぱぱも……」

【魔音通話《テスラ》】に乗って、か細い声が響く。

「……シャノンのこと、きらいになるかな？」

訥々《とつとつ》と、シャノンが話し始めた。

「むかし、まま、まほうをおしえてくれた。シャノン、がんばった。いっしょうけんめー。でも、できなかた」

ポロポロと涙をこぼしながら、彼女は言う。

魔法が覚えられなかったのだと。

「ままはシャノンがきらいになったの。シャノンはおかねにならないから、やくたたずだって」

シャノンはうつむき、また大粒の涙をこぼした。

「シャノン、わるいこだから、ままいなくなった」

『馬鹿なっ！』

思わず、アインは叫んでいた。

感じたのは、会ったこともない彼女の母への怒りであった。

（理屈が通らんぞ……コイツのどこに非が……!?）

『いやあぁぁぁぁぁぁ……！！！』

思考を切り裂くように、悲鳴が上がった。

玉座の後ろにいるシャノンに、再び出現した低級ゴーストが迫っているのだ。

『触るな』

ガタガタと震えながら、シャノンは後ずさりする。

低級ゴーストがおどろおどろしく蠢《うごめ》いた。

じりじりと、時間をかけてシャノンは後ろに下がっていく。

だが、段差で足を踏み外し、そのまま落下する。

「なあ、シャノン」

寸前のところで、アインが彼女を抱きとめていた。

彼は手にした歯車のネックレスを、シャノンにそっと握らせる。

「オレは一つ、新魔法を研究していてな」

アインは彼女に優しく語りかける。

「それがあれば、誰でも魔法が使えるようになる。魔力がなかろうと、魔力の制御が苦手だろうとな」

「……シャノンも？」

「オマエと同じ歳《とし》の頃、初めて魔法を使った。世界が変わったんだ」

アインの脳裏には、自然と幼い頃の自分が浮かぶ。

輝かんばかりの笑顔で、初めて発動した魔法を見つめていた。

「さっきは、それを――」

ネックレスの歯車が反応し、その光が彼女の指先からぽぉっと発せられた。

シャノンが指先を伸ばすと、更に魔力が指先からこぼれ落ちる。

アインは彼女を補助するように、そっと背後から手を添えた。

「オマエにも教えてやりたかったんだ」

目映《まばゆ》い光が放出され、発動した【浄化《ブレア》】は玉座の間を真っ白に染め上げた。

低級ゴーストは瞬《また》く間《ま》に浄化されていく。

目を丸くするシャノンは、自らが放った魔法をただぼんやりと見つめていた。

「放出する魔力を増幅した。これが研究中の歯車大系」

そのときだ。

ピシィ、と歯車のネックレスに亀裂が入り、粉々に砕け散る。

「……まあ、まだ未完成だがな。今のもオレが補助しただけで原理的には――」

ふとアインは言葉を止める。

幼い表情が、次第に花が咲いていくような、大輪の笑顔に変わるのがわかった。

「できた……！」

シャノンが声を上げる。

その姿をアインは優しい視線で見守った。

「シャノンもまどうしなれるっ!!」

元気いっぱいに、彼女は杖《つえ》で魔法を使うポーズをとる。

「勉強が大事だぞ」

と、アインは釘《くぎ》を刺した。

「行くか。部屋を決めなきゃな」

「シャノン、ここがいい。ぎょくざある！」

駆け出したシャノンは、玉座に座る。

「だって、オマエ……ゴースト出るぞ？」

「ぱぱくるから、むてきなった！」

シャノンがつま先立ちになり、両手をピンと伸ばす。

「意味がわからん」

玉座で胸を張るシャノンを見つめ、アインは苦笑したのだった。

§4．解雇

翌日。

王都アンデルデズンの往来をアインとシャノンは歩いていた。

歩幅が違うため、シャノンは一生懸命走っているが、アインはどんどん先へ行く。

とうとうシャノンは立ち止まってしまった。

「どうした？」

不思議そうにアインが振り向く。

「もうやだ。あるくの、めんどくさい」

「なんだと？」

アインは眼光を鋭くし、ズカズカとシャノンのもとへ詰め寄った。

彼女は叱られる恐怖に身を竦《すく》める。

「ご、ごめんなさ……」

「馬鹿者。面倒くさいことをする奴《やつ》があるか」

ひょいとシャノンを肩車して、アインは歩き出す。

彼女は一瞬驚いたものの、安心したのか、すぐに口を開いた。

「でも、がまんしないと、しょーらいが、たいへんなんだよ」

孤児院で聞かされていたことなのだろう。

シャノンは素直にそう信じている。

「は？　死ぬまで将来があるんだぞ。一生我慢するつもりか」

アインが言った。

しかし、わからないといった表情でシャノンは小首をかしげている。

「オレの子なら、面倒くさいことを楽にする方法を考えろ」

「じゃ、いまからいくおしごと、ぱぱなにするひと？」

なにがどうつながったか、シャノンがそんな風に聞いてくる。

「魔法省の研究塔でやってるのは、器工魔法陣による自己進化型多目的魔法《じこしんかがたもくてきまほう》の開発だ」

耳慣れない単語を並べられ、シャノンの顔は疑問でいっぱいになった。

「シャノンがつかったやつ？　すーぱーはぐるま！」

低級ゴーストを浄化するときに、アインが言っていたことを思い出したのだろう。

「歯車大系とは別だ」

「なぜにべつかな？」

「歯車大系は開発許可が下りないからな」

そのため、歯車大系はアイン個人が研究している。

シャノンの疑問を払拭《ふっしょく》するため、彼は更に説明を続けた。

「この世のすべての魔法は、基幹魔法《きかんまほう》十二大系《たいけい》に属する。これを作ったのが、十二賢聖偉人《じゅうにけんせいいじん》だ」

「すごくすごい？」

「偉業だよ。この十二人の一人でもいなかったら、数百っていう魔法がこの世から消えるんだぜ」

たとえば、【爆砕魔炎砲《ボルクス》】は炎熱大系《えんねつたいけい》に属している。

炎熱大系そのものが開発されていなければ、当然、【爆砕魔炎砲《ボルクス》】も開発されるはずがない。

「みずのうえあるけない！」

「そうだ。あれほど美しい術式を作り上げた十二人の偉人たちだ」

まるで少年のような瞳で、偉大なる魔導師たちに憧れを抱き、彼は言う。

「樹幹大系《じゅかんたいけい》の開発から七〇〇年、新しい基幹魔法は開発されていない。歯車大系も基幹魔法だからな。もっと手堅く稼げる研究に人気があるってわけだ」

アインは足を止める。

目の前には漆黒の塔が立っていた。

「魔法省でもな」

採算のとれない研究に予算は下りない。

基幹魔法の開発は魔導師にとって夢だが、研究機関にとっては大きなリスクだった。

ゆえに、アインは個人で研究を行っているのだ。

§　§　§

魔法省アンデルデズン研究塔。第一魔導工房室。

中央には大樹が生えており、そこから大きな魔法陣が広がっている。枝には魔法陣がまるで実のようにいくつもついていた。

床は一面に水が張ってあるが、湖の古城と同じく足は水面に浮遊する。

「でっかい、きー」

シャノンが目を輝かせ、その不思議な大樹を見上げていた。

「自己進化型多目的魔法【永遠世界樹《レイジア》】の器工魔法陣だ」

「可愛《かわい》いお客さんですね、室長。誘拐したんですか？」

後ろから声をかけてきたのは、法衣を纏《まと》った優男だ。名はルーク。一級魔導師であり、アインの部下としてこの魔導工房室で働いている。

「ああ、ルーク。コイツは……」

「シャノンは、ぱぱのこです！」

アインの言葉を遮って、シャノンが元気いっぱいに挨拶した。

「パパ？」

驚いたようにルークはアインを見た。

「昨日、孤児院でもらってきた」

なぜかシャノンがえっへんと胸を張る。

もらわれたことを自慢しているのかもしれない。

「あー……」

と、ルークは浮かない顔だった。

「これであの馬鹿所長の条件通りだ。【永遠世界樹《レイジア》】の研究期間を一年は延ばせる」

アインは少し嬉《うれ》しそうに、研究中の新魔法――その不思議な大樹を見上げた。

すると、ルークは言いづらそうにこう切り出した。

「それなんですけど、ジェラール所長は異動になってしまいました」

「は？」

まったく聞いていないといったように、アインがルークに視線を戻した。

「先ほど、新任の所長がお見えになって、アイン室長が出勤したら、所長室に来るようにと」

アインは舌打ちをした。

「ジェラールめ。逃げたな」

「かなりまずいですよ。うちの研究は主流じゃありませんし」

説明の途中でアインは踵《きびす》を返《かえ》し、歩き出した。

「室長？」

「新所長に説明する。シャノンを任せたぞ」

軽く手を上げてそう言い、アインは所長室へ向かった。

§　§　§

所長室。

豪奢《ごうしゃ》な机の前に、中年の男が腰掛けている。頭髪は白く、ヒゲを生やしており、いかにも出世競争を勝ち抜いてきたというような精力的な顔つきをしている。

「新所長のジョージ・バロムだ」

ジョージはそう言って、書類の束を威圧的に机に置いた。

「第一魔導工房室の結果は最悪だ。これはいったいどういうことかね？」

机の向こうに立つアインを、彼はじとっと睨《にら》みつける。

「開発計画書に示された通り、従来の研究とは異なり——」

「君の学位は？」

自ら質問をしておきながら、アインの説明を遮り、ジョージは高圧的に言った。

アインは一瞬答えあぐねた。

ジョージが知らずに聞いてきたわけではないというのが彼の推測だ。そして、それを裏付けるように、ジョージは答えを待つことなく更に問うた。

「どうした？　君の学位だよ。答えたまえ」

「……無学位ですが？」

「それが成果の出ない原因だよ」

初めから用意されていた答えを、さももっともらしくジョージは告げた。

彼は一枚の羊皮紙を机から取り出す。

「膨大な予算を費やした新魔法開発失敗の責任は、室長である君にある」

ピッと指を弾《はじ》き、ジョージは羊皮紙を飛ばした。

アインはそれを受け取った。

「魔法省は君を解雇する」

その羊皮紙は解雇通知書だった。

視線で文字をさらった後、アインはジョージを見た。

「ずいぶんと無能じゃねえの」

アインの挑発に、ジョージはムッとする。

「なんだと？」

「そんなやり方じゃ、魔法省で出世できないぜ」

アインは魔法陣を描く。そこに現れたのは、羊皮紙の束だ。

「……。……なんだ、それは？」

「別口で研究している基幹魔法の論文でな。開発後は魔法省に権利《ライセンス》を譲渡してもいい」

それを聞き、ジョージは訝《いぶか》しげな表情を浮かべる。

「ただし、それと【永遠世界樹《レイジア》】の研究はオレにやらせろ」

羊皮紙の束を、アインはジョージの机に置く。

「基幹魔法の権利《ライセンス》を得たなら出世コースだ――とでも言いたいのかね？」

「研究は九割終わっている。読んでから決めればいい」

「なるほど」

ジョージは羊皮紙を一枚手にする。

そして、下卑た笑みを浮かべながら破り捨てた。

「学位があってこその論文だ。君の研究は無益だ。君の人生と同じようにね」

あざ笑うように、ジョージは言った。

「とはいえ、その無謀な努力は買おう」

再びジョージは机の引き出しを開ける。

そうして、取り出した封筒をアインの足下に放り投げた。

彼は僅かに視線を落とす。

「ある研究機関が開発中の新魔法リストだ。それが魔法省のものになれば、莫大《ばくだい》な利益だろうね」

大陸には魔法省だけではなく、多くの研究機関が存在し、新魔法の開発に鎬《しのぎ》を削っている。

そうすることで、魔導学界での発言力は高まり、利益と栄誉をもたらすのだ。

ジョージが暗に言わんとすることは、明らかであった。

「新魔法を盗めと？」

他の研究機関が開発中の新魔法。そのすべての魔法陣を盗み出し、先に権利《ライセンス》の申請を行う。

そうすれば、新魔法は魔法省のものになる。

無論それが発覚すれば、牢獄《ろうごく》行きだ。

「研究を続けたいのだろう？　予算は倍で構わんよ」

足下を見るようにジョージは言った。

同じような手口を使い、彼はここまで成り上がってきたのだろう。

アインのように立場が弱い者に、鞭《むち》を振るい、飴《あめ》を与えることで、いいように操ってきたのだ。傲慢な表情で、彼はアインを見下している。

「よくわかった」

ニヤリ、とジョージは下卑た笑みを覗《のぞ》かせる。

「君が話のわかる男でよかっ……」

ダン、とアインは新魔法リストの入った封筒を踏みつけた。

それは明確な意思表示だ。

たとえ職を奪われようと、新魔法を盗むようなことはしない。

冷ややかなアインの視線と、ジョージのドス黒い視線が交錯する。

ジョージが憤懣《ふんまん》やるかたないといった表情を見せる中、これ以上、愚者に話すことはないとばかりに、アインは無言で踵《きびす》を返《かえ》し、所長室を出て行ったのだった——

§5. 取り消し

アンデルデズン研究塔。第一魔導工房室。

一人の魔導師が気怠《けだる》げに机で魔法陣を描いている。

目つきの悪い男だ。若い方だが、年齢はアインよりも上である。

「デイヴィット」

所長室から戻ってきたアインがその男に声をかけた。

「外部との魔法線は使い終わったらすぐに切れと言ったはずだ。逆探知されれば、悪用される」

脇に置かれていた魔法水晶をアインは指さす。

そこから外に魔法線が延びているのだ。

デイヴィットは無言でアインを見返す。

そして、反抗的な顔つきで言った。

「理論上の話でしょう？　そんな魔導師はいませんよ」

アインは取り合うことなく、無言でデイヴィットを見た。彼は僅かに怯《ひる》んだ。

「……やればいいんでしょ」

渋々といった調子でデイヴィットが、魔法水晶のもとへ移動する。

「室長」

背中からルークが声をかけてきた。

シャノンも一緒だ。嬉《うれ》しそうな顔で寄ってきている。

「大丈夫でしたか？」

「クビになった」

「はいっ⁉」

心底、驚いたようにルークが声を上げた。研究成果の説明に行き、まさか解雇されて戻ってくるとは思いもよらなかったのだろう。

「【永遠世界樹《レイジア》】は任せたぞ」

「いや、無理ですって……」

【永遠世界樹《レイジア》】はアインが開発中の新魔法。その制御は極めて困難であり、高度な魔法技術を要する。

第一魔導工房室ではまだ彼以外まともに取り扱うことができない。

急転直下の事態に、ルークは戸惑いを隠せなかった。

そんな二人の様子をデイヴィットは横目で見ていた。魔法水晶の魔法線を処理しながら、彼は考える。

(なんだ、あのコネ無学位？　クビになりやがったのか？)

「すごいすいしょー！」

デイヴィットの背後から、ひょこっとシャノンが顔を出す。

「……っ⁉　おい、勝手に……」

言いかけて、デイヴィットは考える。

（……待てよ。コイツ、コネ無学位がつれてきたよな……？　クビになったなら——）

ニヤリとデイヴィットはほくそ笑む。

「もっと近くで見ていいぞ」

「やった！」

シャノンが魔法水晶に両手を近づける。

デイヴィットはこっそりと魔法陣を描いた。

瞬間、カッと光が放出される。魔法水晶から一気に魔力が溢《あふ》れ出《だ》したのだ。

「わああああああぁぁぁっ……！！！」

シャノンの悲鳴に、アインがすぐさま駆けつける。

「ま、魔力暴走ですっ！　子どもが悪戯《いたずら》したみたいで——」

デイヴィットがわざとらしく慌てて言った。

「どけ」

と、アインが彼を押しのけ、魔法陣を描いた。

（限界まで暴走させたんだ。ここまで来たら収まらない。無学位の分際でこれまでオレをコキ使った報いだ！）

デイヴィットが下劣な情動を膨らませた次の瞬間、アインは【爆砕魔炎砲《ボルクス》】にて魔法水晶を撃ち抜いた。

「は⁉」

思わずデイヴィットは声を漏らす。驚いたようにあんぐりと大口を開いていた。

(魔法水晶の魔導核だけ爆破して無理矢理止めやがった⁉)

「魔力暴走を起こさないのが二流、止められて三流だ」

厳しく諭すようにアインが言う。

「オマエは素人《しろうと》か、デイヴィット」

うつむき、デイヴィットは歯を食いしばる。

その表情は屈辱に染まっていた。

(無学位が!)

と、デイヴィットの内心で激しい怒りが渦巻いた。

「ぱぱ」

シャノンが嬉《うれ》しそうに駆け寄ってくる。

「きらきら!　すごかった」

両手の指を振り、彼女はキラキラを表現している。

魔力暴走により危機に陥ったことなど、まるで気がついていないようだ。

「帰るぞ」

そう口にし、アインは笑った。

§　§　§

湖の古城。玉座の間。

「オレはこれから研究をする。大人しくしてろよ」

「あい！」

シャノンは元気いっぱいに返事をした。

アインは玉座の間を後にして、通路を歩く。

頭をよぎるのは、これからの身の振り方だ。

（無職でこの先どうする？　いっそ歯車大系の研究に集中するか？）

魔導工房の扉の前で立ち止まり、そこに手をあてた。

暗号魔法陣が描かれ、重たい扉が静かに開いていく。

それを待ちながら、神妙な表情でアインは思考を続けていた。

（……なしだろうな。蓄えは三ヶ月で尽き――）

「ちてきなおへや！」

ひょこっとシャノンが背後から顔を出し、工房を覗《のぞ》いた。

「……オマエ、大人しくしてろと言っただろ。ここは――」

「シャノン、おとなしくみれる！」

自信たっぷりに言いながら、シャノンは工房の中へてくてくと歩いていく。

「だめだっ‼」

突如響いたアインの怒声に、ビクッとシャノンは肩を震わせる。

「いいか、シャノン。固有工房は魔導師にとって聖域だ。無断で入れば、殺されても文句は言えん」

青い瞳にじんわりと涙が滲《にじ》んだ。

「泣いてもだめだ。オマエが魔導師になったら入れてやる」

ここで甘くしては将来、本当に命を落とす可能性もある。

そう思ってアインは厳しく諭したが、「うあああぁぁぁぁん‼」とシャノンは泣き出してしまった。

気まずそうな表情で、アインは我が子を見つめる。泣き続ける彼女を見ている内に、罪悪感が増していく。

「…………オマエ、好きな食べ物はなんだ？」

ご機嫌をとるように、彼はそう尋ねた。

§　§　§

厨房《ちゅうぼう》。

たっぷりのバターとメープルシロップがかけられた三段重ねのホットケーキが、テーブルにあった。

「すごいりょうり。すーぱーほっとけーきっ！」

二本のフォークを両手で握りしめながら、シャノンは涎《よだれ》をこぼしそうな顔でそれを見ている。

アインに怒られたことなど、すっかり頭から飛んでしまっているようだ。彼女はフォークでホットケーキを切り分け、美味《おい》しそうに頬張っていく。

「おいしな！」

その様子を見て、アインは目を細めた。

そのとき、耳にリリリリと魔音が響く。遠隔地にいる者との通話を可能にする【魔音通話《テスラ》】の魔法だ。

「どうした、ギー……」

『貴様、またやらかしたな!!』

アインの言葉より早く、叱責の声が耳を叩《たた》く。

「なんの話だ、ギーチェ？」

相手は魔導学院時代の悪友だ。

聖軍に勤めており、その伝手《つて》で頼み事をすることも多い。

『養子申請の手続きで役所の担当が在籍確認をしたところ、アイン・シュベルトは魔法省にいないそうだ』

「……審査はもう済んだはずだろ」

『いつものお役所仕事だ。養子申請は取り消されるぞ』

本来なら養子にする許可を出す時点で、審査はすべて終わっている。

だが、いい加減なもので、書類がそろっていれば問題ないだろうと審査を飛ばし、先に許可を出してしまう場合がある。

後日、辻褄《つじつま》合わせのように審査を行うのだが、それに引っかかってしまったのだ。

アインは美味《おい》しそうにホットケーキを食べているシャノンを見た。

「回避するには？」

アインは立ち上がり、シャノンに聞こえないように場所を移す。

ドアを開き、厨房《ちゆうぼう》の外に出た。

『口利《くちき》きしたのは、貴様が魔法省の魔導師だったからだ。大抵の養父より収入も体面もいい。辞めたなら話は別だ』

「大抵の養父は魔法省勤めじゃないんなら、いいだろ」

『アイン。貴様、研究とその子とどちらが大事だ？　魔法省を辞めるとき、子どものことを一瞬でも考えたか？』

その言葉に、アインは返事に詰まった。

『どうしてもというなら、養育費八〇〇万ゼラを用意しろ。それで申請も通る』

「は？　そんな大金があるか」

『では諦めるんだな。孤児院の方がまだ子どものためになる。以上だ』

「ギーチエっ！　おいっ！」

【魔音通話《テスラ》】は切断されており、アインは舌打ちした。

「ぱぱ、だいもんだい？」

シャノンがドアを僅かに開き、そこから覗《のぞ》いていた。

「シャノンのせい？　シャノンいると、わるいことおこる」

アインの脳裏によぎるのは、彼女の涙だ。

――シャノン、わるいこだから、ままいなくなった。

そう吐露した幼い泣き顔が、彼の胸を締め付ける。

「なんの問題もない。研究するから、大人しくしてろよ」

アインは魔導工房へ移動する。

机の前に立ち、そこに研究用の羊皮紙を広げた。

（八〇〇万ゼラがどうした？　要は歯車大系を完成させればいい）

情動に背中を押されるように羽根ペンを手にして、アインは魔法陣の線を引いていく――

§6．歯車大系①

アインは研究に没頭した。

シャノンの世話をする以外は、一日中工房にこもりきりになり、歯車大系の開発を行う。

ジョージ所長に啖呵《たんか》を切った通り、研究は九割終わっている。歯車大系の特色は魔力のない人間が魔法陣を起動できること。

つまり、自律回転する歯車を術式化する。

必要なのはその最後の閃《ひらめ》きだけだ、とアインは考えていた。

だが――

何度失敗しても、どれだけ考えても、どうしてもわからない。

自律回転する歯車。

自ら動く歯車。

（──それはなんだ？）

頭の中で歯車のようにぐるぐるぐると疑問が回転する。

ぐるぐると、ぐるぐると。

ひたすらに回り続け、決して他の歯車と噛《か》み合《あ》うことはない。

いつしか十年の歳月をかけ組み上げた歯車大系が、ただがらくたを積み重ねてきたように見え始めた。

十二賢聖偉人の一人、アゼニア・バビロン曰《いわ》く──

最後の閃《ひらめ》きがなければ、生涯を水泡に帰す。

凡人と天才を隔てる地獄の壁こそ、基幹魔法の研究だ。

歴史上、アインと同じところまで開発を進めた魔導師はごまんといる。それでも、最後の一歩が届かないのだ。

どれだけ完璧な理論を構築しようと、たった一つのアイディアが浮かばなければ、すべてが無に帰す。

それこそが魔法研究であり、とりわけ基幹魔法を開発する難しさだった。

アインは新たな魔法陣を構築してはそれを破壊することを、ただひたすらに繰り返した。

日に日にやつれていく彼の耳に、ある言葉が嘲るように響き渡った。


――学位があってこその論文だ。君の研究は無益だ。


「くそっ‼」

リフレインする幻聴を振り切るように、アインは机に拳を思いきり叩《たた》きつけた。

じわりと血が滲《にじ》み、手にした歯車に染《し》みをつける。

（歯車を回転させる。風車、水車、車輪、どれもだめだった）

彼は魔導工房を出る。

すでに時刻は真夜中だ。通路を歩くアインは、ふと厨房《ちゆうぼう》から明かりが漏れているのを見つけた。

（それでは歯車が自ら回転していることにはならない。流れる水や風を歯車と見なす。発想はいいが魔法律に合致しない。それとも）

ドアを開ければ、シャノンがテーブルに突っ伏して眠っていた。

（歯車大系自体が魔法の理に反しているのか）

シャノンのもとまで、アインは歩いていく。

「おい。起きろ。なぜこんなところで寝ている？」

シャノンの肩を軽く揺さぶると、ぱち、と彼女は目を開いた。アインを見るなり、がばっと飛び起きた。

「けんきゅう、おわり？」

「今日はな」

「いっしょにたべよ！　ぱぱのぶん、わけたげる！」

青い瞳を爛々《らんらん》と輝かせて、シャノンは嬉《うれ》しそうに言った。

彼女は一口も食べていないホットケーキに、フォークを刺して、切り分けようとしている。

アインは魔法研究用に使った歯車をテーブルに置き、尋ねた。

「どうして食べなかったんだ？」

「ぱぱ、まいにち、けんきゅーで、つかれてるでしょ。ごはんもたべないでしょ」

にっこりとシャノンは笑い、切り分けたホットケーキを皿ごと差し出した。

「だから、シャノンのとっておいたの！」

（腹が減っただろうに、オレのために我慢したのか）

そう考えながら、アインはホットケーキを食べた。

瞬間、う……と彼は呻《うめ》く。

「クソ不味《まず》い」

不思議そうな顔をしたシャノンは、ホットケーキを一口食べてみる。

「おいしな」

「馬鹿なっ⁉」

信じられないといった風に、アインは声を上げた。

「これだけは教えておくぞ。確かに焼きたてのホットケーキは天上のスイーツだが、冷めれば地獄の残飯だ！　これが真理だ！」

大真面目にアインはホットケーキの真理を語る。完全に個人的なこだわりであった。

いまいちよくわからないといった顔をしながら、シャノンは冷えたホットケーキに視線を向けた。

「ざんぱん、いくない？」

立ち上がり、真剣そのものの顔でアインは諭すように言う。

「残飯を食べるような子は、うちの子じゃない」

「シャノン、ざんぱんやだ‼」

勢いよく彼女はホットケーキの皿をアインに向かって滑らせた。

アインはそれを指ですっと受け止める。

「よし。今もっとちゃんとしたものを……」

「まほうでやきたてにして！」

アインは新しく料理を作ろうとしたが、シャノンがそう主張する。

「マナがもったいないからだめだ」

「マナってなに？」

とシャノンが聞く。

「魔力の源だ。足りなくなれば、魔法研究ができない」

マナは魔法を使うための燃料で、体内で生成される他、魔石などの鉱物からも得ることができる。

魔導師はマナを魔力に変換し、魔法を使う。当然、魔法研究にも欠かせないものとなるが、有限だ。

「いちだいじ！　シャノン、もったいないしない！」

シャノンはそう言った後、名案を思いついたように手を上げた。

「じゃ、こんどから、シャノンのごはん、ぱぱがたべるときにする！　そしたら、ひえないよ！」

「オレは食べない日もある。お腹空《なか》くぞ」

実際、研究に没頭する余り、アインの食事の回数は減っている。

彼がそう指摘をすると、

「だって、ぱぱ、いそがしいから、シャノンのごはん、つくるのたいへんでしょ」

アインは僅かに目を丸くする。

「ぱぱ、けんきゅーがんばってるから、シャノンもいっしょにがんばる！」

彼女は両拳を握って、屈託のない笑顔をみせた。

父親が頑張っているのだから、それが当たり前だと言わんばかりに。

彼の脳裏をよぎるのは、ギーチェの言葉だ。


――アイン。貴様、研究とその子とどちらが大事だ？


アインは奥歯を噛《か》みしめる。

（歯車大系が完成すれば、養子申請は通るだろう。だがオレはこの二週間、シャノンのことを一瞬でも考えたか？　オレにコイツの親でいる資格があるか？）

ミルクをごくごくと飲み腹を満たそうとするシャノンを見て、アインは自らに問いかける。

そして、その答えを出すように、彼はホットケーキに魔法陣を描いた。

「【温熱《パウロ》】」

ホットケーキが温められ、湯気がふわっと立ち上る。

シャノンがキラキラした瞳でそれを見た。

「あたかくなった！」

「食べていいぞ」

「やった」

嬉《うれ》しそうに、シャノンはそれを頬張った。

「シャノン、話がある……」

神妙な顔でアインは切り出す。

ホットケーキを口にしながら、シャノンは彼の顔を見た。

「――オレは魔法省を解雇された。明日オマエを孤児院に戻す」

ホットケーキを食べる手を止めて、シャノンはきょとんとした。

「ぱぱもいっしょ？」

「……オレは研究がある」

「シャノン、けんきゅうてつだう」

「それは無理だ」

「じゃ、シャノンもむり！」

意味のわからない返事に、今度はアインは疑問を覚えた。

「……？　わがままを言うな。無職で子ども一人養えると思ってんのか？」

すると、シャノンはうつむく。

ぎゅっとフォークを握りしめ、彼女は言った。

「……ぱぱは、シャノンがいらない……？」

泣き出しそうなその子を、彼は唇を引き結び、じっと見つめた。

「オマエは悪くない。オレのせいだ。オレは……魔法研究しかできないんだ」

そう寂しそうに、彼は言った。それが彼の精一杯の誠実さだったのかもしれない。

シャノンはうつむいたまま、それ以上はなにも言わない。

重たい沈黙は、静かに二人の間を引き裂いていく。

温めたホットケーキは、結局冷えてしまった。

§　§　§

真夜中。

古城の厨房《ちゅうぼう》に小さな人影が忍び込む。

そろりそろりと歩いてきた小さな人影は、テーブルの上に置かれていた小さな歯車を手にした——

§7．歯車大系②

魔導工房。

床で力尽きたようにアインが仮眠をとっている。

突如、ダガガガガガガッとけたたましい音が鳴り響き、彼は目を覚ました。

（この魔力は……!?　厨房《ちゅうぼう》からか）

彼はすぐさま起き上がり、厨房《ちゅうぼう》まで駆けていく。

「シャノンッ！」

ドアを開き、アインが室内に飛び込んだ。

そこにいたのは、やはりシャノンだ。

目に涙をいっぱいに溜《た》めた彼女の周囲には、夥《おびただ》しいほどの魔力が渦巻いている。それは無秩序に放出され、室内の壁や天井に亀裂を走らせる。

（魔力暴走だと？　なぜだ？　人間だけでは起こるはずがない！）

魔力の暴走により周囲に甚大《じんだい》な被害をもたらす魔力暴走は、魔法水晶などに組み込まれた器工魔法陣を起因とするものだ。

そして、器工魔法陣には必ず魔導核が存在する。

それを破壊すれば魔力暴走は止まるが、そもそも魔力暴走が起こる器工魔法陣などここにはないはずだった。

アインは魔法陣から杖《つえ》を取り出し、シャノンへ向ける。

「【相対時間停止《レズン・ネぜ》】」

シャノンごと、暴走する魔力を停止空間が覆い尽くす。

時間が止まってしまえば、被害はこれ以上拡大しない。

(魔導核がわからん以上、このまま力ずくで抑え込――)

瞬間、止まったはずの魔力が渦巻き、派手な爆発が巻き起こった。

城の半分が消し飛び、アインは遥《はる》か後方まで吹き飛ばされている。魔力波をまともに食らった衝撃で、全身はボロボロだ。

人の形を保っているのが不思議なぐらいだった。

(【相対時間停止《レズン・ネぜ》】が無効化される第十位階以上の魔力暴走……一級魔術士の大隊でも止められんぞ)

そう思考し、魔力が吹《ふ》き荒《すさ》ぶ中心部をアインは魔眼にて見つめる。

(暴走半径が拡大するなら魔力源の自然崩壊まで距離をとるのが常識だ。オレは魔導師だ。無

駄なことは断じてせんぞ。研究用のマナを使い果たそうとシャノンは助けられん）

魔導師として、アインは心を殺し、冷静な決断を下す。

第十位階以上の魔力暴走とは、それほど大災害なのだ。

まともに止めようとすれば、ただ死体が増えるだけ。

だが──

「ぱぱ……」

声が聞こえた。

暴走する魔力に乗せられ、か細い声が、ほんの微《かす》かに。

アインの耳に、聞こえたのだ。

「まな、もったいないよ……にげるして……」

シャノンはこの事態を、魔力暴走とは自覚していない。甘く見ている部分はあるのかもしれない。それでも、自分が危機に陥っていることはわかるはずだ。それを止めるのに、魔法が必要なことも。

にもかかわらず、健気《けなげ》に言った。マナが足りなくなれば、魔法研究ができなくなると言った父親の言葉を、なによりも優先するように。

アインは歯を食いしばる。そうして、論理的な臆病さを振り切るように、床を思い切り蹴った。

「この程度の常識を覆《くつがえ》せんなら、何千年生きようが偉業は成せん!!」

自らを鼓舞するように吠《ほ》え、【飛空《レフ》】の魔法で大きく飛び上がった。

暴走する魔力はシャノンを中心として球体のように広がっている。中心部へ近づくほどに、その威力を増す。

（あの中に一歩でも踏み込めば骨も残らんが、暴走した魔力にはムラがある。目じゃない。頭で見ろ。魔法の理を解明するのが――）

アインは魔眼に意識を集中し、頭を高速で回転させ、脆弱《ぜいじゃく》な部分を計算・分析していく。

一つでも見落とせば、僅かでも計算を違えれば、その時点で彼は死ぬ。

（――魔導師だ！）

魔法障壁を張り、アインはシャノンめがけて突っ込んでいく。

魔法研究で培《つちか》った魔眼と頭で荒れ狂う魔力暴走の僅かなムラを見抜き、針の穴を抜けるように、その暴風域のまっただ中を飛んだのだ。

「手を出せ！　オマエの魔力を、直接オレが制御する！」

その声に、シャノンが反応した。

「……ぱぱ……」

互いに伸ばされた手。

一瞬、けれども気が遠くなるような長い時間をかけ、二人の距離が縮まっていく。

荒れ狂う魔力場の中心にて、アインは確かに我が子の手をつかんだ。

「【境界魔力掌握《ディル・エムゼ》】」

アインは他者の魔力を制御する魔法を発動する。

だが――

暴走する魔力が更に勢いを増し、アインの魔法障壁を突き破る。

アインの手とシャノンの手が離れてしまった。

（なぜだ？　止まらんっ！）

その勢いに押され、アインは弾《はじ》き飛《と》ばされる。

（離されるな……二度と戻れん……！）

「やだぁっ、ぱぱっ！」

目にいっぱいの涙を溜《た》めて、シャノンが言う。

「ぱぱっ、ごめんなさい……シャノンもけんきゅうのやく、たちたかったの！」

必死に謝るシャノン。

その手には、小さな歯車が握られていた。

（二度……と……）

アインの視線と、アインの思考が、塗り替えられていく。

「シャノン、ぱぱといたかったから！」

死と隣り合わせの極限状態の中、アインの頭を支配したのは、己の身の安全でも、シャノンの涙でもなかった。

（……あれは、オレの歯車か……？）

アインが開発していた歯車大系。

そのために作った器工魔法陣の歯車である。

（黒ずんでいる……歯車に血が付着して……血と歯車が……歯車の血が……）

アインが目を見開く。

見えたのは、ただ一つ、どれだけ考えても辿《たど》り着《つ》かなかった最後の閃《ひらめ》きだ。

「ぱぱのいうこときかずに……シャノン、あくまよんでごめんなさい‼」

「馬鹿者」

アインは言った。

優しく窘《たしな》めるように。

「オマエはなに一つ、間違えていない。無理だと言われたぐらいで、やらない無能に成功はない。失敗を犯した者だけが、辿《たど》り着《つ》ける領域がある」

アインは魔法陣を描く。

己の心臓と、そして目の前に。

それは、これまでのものとはまったく違い、歯車の形をしていた。

「シャノン。お手柄だ。よく見とけよ」

彼が全身から魔力を発すれば、次々と歯車の魔法陣が現れる。

それぞれがそれぞれに魔法的につながり、魔導連結を果たす。物理的には離れているが、それらの歯車は噛《か》み合《あ》っているのだ。

「これが史上十三番目の基幹魔法、歯車大系――」

勢いよく一枚の歯車魔法陣が回転すれば、連動するように魔導連結された他の歯車魔法陣も回転する。

合計十一枚の歯車魔法陣が勢いよく回った。

「【第十一位階歯車魔導連結《エクス・デイド・ヴォルテクス》】」

アインが放出した魔力波が、歯車の魔法陣にて増幅され、膨大に膨れ上がって、弾丸のように発射された。

同時にアインはシャノンに、【第十一位階歯車魔導連結《エクス・デイド・ヴォルテクス》】の結界を纏《まと》わせる。

アインが発射した魔力の弾丸は暴走する魔力を吹き飛ばし、シャノンが手にした歯車だけを破壊した。

瞬間、ふっと魔力暴走が収まった。

辺りは静けさを取り戻す。

だが、シャノンはぶるぶると震えたままだ。

「あ……やぁ……」

怯《おび》えたように彼女は自らを抱く。

アインは後ろから、ぎゅっと彼女を抱き締める。

「遅くなってすまなかった」

「ぱぱ……」

「もう大丈夫だ」

そうアインが言えば、「う……あ……」と彼女は目に涙を溜《た》める。

「ぱぱ……シャノン……こわしちゃった……ぱぱとシャノンのおうち……なくなった……」

震えながら、涙をこぼすシャノンを、アインは優しく抱いた。

「ちょっと散らかしたぐらいで、そんなに泣くな。お片付けすればいい」

「……おかたづけできる？」

不安そうにシャノンが聞いた。

古城はボロボロで、その残骸が辺りには散らばっている。

元通りに戻せるとはとても思えなかったのだろう。

そんな彼女にアインは言った。

「オレの名前は？」

すると、シャノンははっとした。

みるみる花が咲くように、その顔が笑顔に変わっていく。

彼女は両手を上げて言ったのだ。

「ぱぱはすごいまどうし！　おうとでいちばん！」

§8.　魔導師の水月《オリエンタル・ムーン》

王都アンデルデズン。魔導商店街。

『号外、号外』

【魔音通話《テスラ》】の魔法にて、街中に声が響く。

大空を飛ぶ何十羽ものイヌワシが足に下げた鞄《かばん》から次々と新聞の号外をバラ撒《ま》いていく。

それは魔導商店街を行き交う人々の頭上に降り注いだ。

「……!?　本当かこれ？」

「魔法省の号外ですから、間違いということはないと思いますが……」

魔導師たちは号外を手にし、口々に語り合う。

「十三番目の基幹魔法とは……長生きはするものじゃて」

「歯車大系……基幹魔法に人工物は合致しないとも言われていたが」

「論文の公開が待ち遠しいな」

「じゃが、これはどういうことかのう……？」

一人の老魔導師が、不自然な点に気がついた。

「一番肝心な、開発者の名前がないというのは」

§　§　§

湖の古城。

先の魔力暴走により、古城は崩壊した。

更地になったその場所に、今はテントが張ってある。

その横に机と椅子が置かれており、アインが座っていた。

「ごうがいっ、ごうがいっ」

新基幹魔法開発の号外を両手に掲げながら、シャノンはとてとてと駆け回っている。

「オマエ、文字読めるのか？」

言いながら、アインはミスリルと魔石を使い、小さな歯車を作っている。

そこへシャノンがやってきて、強引にアインの膝の上に座った。

「おい。邪魔をするな」

「よんで」

シャノンは号外を机の上に置き、見出しの一番大きな文字を指さす。

仕方がないといった風に、アインは読んだ。

「七〇〇年ぶりの偉業。十三番目の基幹魔法、歯車大系開発」

「ぱぱ、いぎょう！」

嬉《うれ》しそうにシャノンが両手を上げた。

アインは僅かに表情を柔らかくする。

「これは？」

と、シャノンが次に大きな文字を指さす。

「自律起動の魔法陣だ」

アインが文字を読み上げる。

「ってなーに？」

「……そうだな」

アインは考えながら、魔法陣を描く。

そこにいつも手にしている古い杖《つえ》が現れた。

「これは【相対時間停止《レズン・ネゼ》】の器工魔法陣だ」

「きこうまほうじん？」

シャノンが見上げてくる。

「雑に言えば魔導具だ。【相対時間停止《レズン・ネゼ》】の魔法陣がすでに組み込まれている。この杖《つえ》で時間を止めると念じてみろ」

アインはシャノンに杖《つえ》を渡した。

彼女は膝から降りると、ズズズと杖《つえ》を引きずり、歩いていく。

「れずん・ねぜ！」

と、シャノンは元気よく杖《つえ》を突き出した。

しかし、なにも起こらない。

シャノンの顔が無になった。

「器工魔法陣でも、術者が正しく魔力を送り起動しなければ魔法は使えない」

アインは立ち上がり、シャノンのもとへ歩いていく。

「次はこっちだ」

と、彼は先ほど作った歯車をシャノンに手渡す。

「好きな形を念じながら、そこの柱に歯車を向けてみろ」

言われたとおり、シャノンは折れている柱に歯車を向けた。

「あめだま！」

シャノンが念じると、歯車から光が放たれる。

それに照らされ、みるみる内に石の柱が変形していく。

彼女が念じた通りのあめ玉の形状だ。

「まるくなった！」

驚いたように、シャノンは口を開ける。

その間、アインは魔眼にて、魔力の流れを分析するようにシャノンを注視していた。

すると、父親が黙ってしまったことを不可解に思ったか、不思議そうに彼女は振り向いた。

「ぱぱ？　かんがえごと？」

「……いや、今のが器工魔法陣の自律起動――条件はあるが、これなら誰でも魔法が使える」

「どー、やって、かいはつしたの？」

シャノンが体を大きく使い、ぐるりと手を回して歯車の形を表した。

その歯車が、アインが開発した歯車大系によるものだということは、シャノンもわかっているようだ。

「……歯車についた血を見て閃《ひらめ》いてな。心臓は絶えず鼓動を刻む。心臓に歯車魔法陣を組み込めば――魔力ではなく生命力によって常に回り続けるはず。魔法陣は常時起動するため、起動時の魔力を送る必要がない」

シャノンが魔力暴走を引き起こしたときのこと――血のついた歯車をアインは思い出してい

た。

「だから、あのとき、その理論を術式化し、自分の心臓を歯車に変えたんだ。それが歯車大系を完成させる最後のピースだった」

歯車の心臓と歯車魔法陣が魔導連結し、歯車大系の魔法は初めて発動できる。

その説明を聞きながら、シャノンは次第に体をぶるぶると震わせ始めた。

「シャノン、いま、はぐるまのまほうつかったとき……？」

恐る恐るシャノンが聞く。

アインは答えた。

「心臓が歯車になっていた」

バタッとシャノンは倒れた。

「しんだ」

「死なん。炎熱大系は肺の空気を炎にするが呼吸はできるし、樹幹大系は骨を樹木にするが体は動く。それが魔法だ」

「いきかえった」

シャノンがぴょんっと起き上がる。

「まあ、オレの理論が魔法律に反していれば死んでいたがな」

それでも、アインはそれを実行した。

これまで幾度となく失敗してきた歯車大系の実験を。

(不思議と迷いはなかった。強い確信と、なによりオレはシャノンを助けたかった)

シャノンはほえーという顔をしながら、アインを見ている。

どうやらよくわかっていないようだ。

「つまり、オマエのお手柄だ」

「シャノン、おてつだいしたっ！」

彼女は嬉《うれ》しそうににんまりと笑う。

「ところで……孤児院の件だが」

そう切り出すと、シャノンは震え上がる。

とてとてと走っていき、先ほど作った丸い石の後ろで身を小さくした。

「話を最後まで聞け。戻りたくないなら、戻らないようにしてやる」

「……うそつきしない？」

警戒するように頭だけをひょこっと出し、シャノンが覗《のぞ》いてくる。

「しない。他に欲しい物はあるか？　お手伝いのご褒美《ほうび》だ。なんでもやる」

「すーぱーほっとけーき！　ごだん！」

シャノンは手を広げ、五本の指で五段をアピールする。

「わかった。他には？」

「まみーがほしい！」

「……ママか」

と、アインは考える。

「ままはだめなの。まみーだよ」

シャノンが咎《とが》めるように言う。

アインは解《げ》せないといった表情になった。

「同じだろう？」

「まどうしとまじゅつしぐらいちがうー」

魔法を開発するのが魔導師。

魔法を使うだけなのが魔術士である。

つまり――

「……ママが実の母親で、マミーは新しい母親か？」

「いえす！」

シャノンは得意げな顔で、親指を立てた。

「……なるほど」

納得しつつ、アインはまた考える。

（それもそうか。研究にしか興味のない男よりは母親がいいだろう。それに……）

シャノンが引き起こした第十位階を超える魔力暴走が彼の頭をよぎる。

(あの魔力暴走――シャノン自体の魔力が暴走していた。通常は器工魔法陣でしか起こらない。シャノンの強い魔力と歯車大系が干渉して起こる現象と仮説を立てたが……さっきはその予兆すらなかった)

シャノンが【加工器物《リレイス》】の歯車で、丸い石を作ったとき、特別な現象は見られていない。

それを確かめるために、アインはその歯車を作り、魔眼で注視していたのだ。

だが、再現性がなくてはそれ以上調べられない。

(原因がわからん以上、歯車大系の近くにはリスクがある。新魔法にはどうしたって未知の部分が多いからな)

「まみーはだめなやつ?」

アインが考え込んでいたので、不安そうにシャノンが聞く。

「わかった。どうにかしよう」

すると、嬉《うれ》しそうにシャノンは言った。

「きれいなまみーがいいっ。やさしくて、おこらなくて、りょうりじょうず!」

「……なんとかしよう」

条件はかなり厳しいが、それぐらいは責任を果たさなければとアインは承諾した。

「えほんよんで、どれすつくって、いっしょにおどって、まいにちぱーてぃ――」

調子に乗ったシャノンの要求に、アインの顔がどんどん曇っていく。

「そらとぶばしゃでまほうのにじつくる！　あとつおい！」

「ぜいたくを言うな。そんなご令嬢がどこにいるんだっ？」

目をぎらりと光らせ、アインが静かなる怒りを発する。

だが、シャノンは特に気にせず、次の要求を述べた。

「あとおかたづけしたい！」

「城はもう少し待て。今夜あたりいけると思うんだがな」

すると、シャノンが上目遣いになり、しおらしく聞いてきた。

「あのね。シャノン、こわしちゃったから、シャノンもおかたづけしたい……むり？」

「……オマエにできることは……」

なにかなかったかと考え、アインははたと思いついた。

「よし、じゃ、シャノン。この【加工器物《リレイス》】の歯車で新しい城の見本を作れるか？」

アインは先ほどシャノンに手渡した歯車を指さしたのだった。

§　§　§

夜。

空には満月が輝き、湖を照らしていた。

「できた！　はぐるまのおしろ！」

シャノンの前には小さな歯車の城が完成していた。

これから作り直す本物の城の模型である。

「シャノン。それを持って、こっちに来い」

アインが手招きをする。

シャノンは大急ぎで、父親のもとまで駆けていった。

「見てみろ」

アインが湖面を指さす。

そこには満月の横にもう一つ、蒼《あお》い月が映っていた。

シャノンはびっくりして夜空を見上げる。

だが、月は一つだけだ。

「……あれ？」

と、彼女の顔が疑問でいっぱいになる。

「魔導師の水月《オリエンタル・ムーン》だ」

アインが説明した。

「直《じか》に見るには魔眼を鍛える必要があるが……」

そう説明しつつ、アインはシャノンに眼鏡をかけた。

魔眼の働きを代用するものだ。

空に浮かぶ魔導師の水月《オリエンタル・ムーン》を初めて見て、シャノンはあっと口を開いた。

「あの月は強い魔力と豊富なマナを宿した魔法素材オリハルコンになる。月の色により特性が異なり、ブルームーンは魔力伝導性が高い。あれを城にするぞ」

びっくりしたようにシャノンは目を丸くする。

「おつきさま、おちたら、おおさわぎなるよ？」

「魔導師の水月《オリエンタル・ムーン》砲撃採集の申請は受理された」

砲撃採集はその都度、魔法省申請塔にて受け付け、許可を出す。

挑戦する者は少ないが、同じタイミングで二人の魔導師が砲撃を行った場合、どちらが落としたのか調べるのが難しいからだ。

「ぱぱのてとどくかな？」

シャノンは空に手を伸ばした。

「まぁ、今世界にあるオリハルコンの大半は十二賢聖偉人が落としたやつだ。魔導師の水月《オリエンタル・ムーン》は落とせないわけじゃないが、長距離術式は狙いがつけにくく、マナがかかりすぎてメリットが薄い」

なかなか一発では当たらないため、数十、場合によっては数百と魔法を撃たなければならないのが実情だ。

アインは頭上を見上げ、手をすっと伸ばした。

「炎熱大系然《しか》り、樹幹大系然《しか》り、十二基幹魔法は自然物を術式化したものだ。自然は本来、制御ができない。それを元にした魔法はどうしてもその特性に影響を受ける」

逆に言えば、それを凌駕《りょうが》できるほどの魔法技量があったのが十二賢聖偉人ということでもある。

「だが――」

夜空に巨大な歯車魔法陣がいくつも浮かぶ。

一定間隔を空けて並べられたその歯車は、あたかもブルームーンに照準する長大な砲塔だった。

「歯車大系は違うぞ。こと精密さにおいては、歯車よりも優れている魔法などありはしない」

歯車は人工物。工作などのために作られた器物だ。

その特性を受けるのならば、精密さに優れているのは道理だろう。

アインの手の平から魔力が放出される。

それは夜空にかけられた十一枚の歯車をすべて通り、増幅され、照準を修正されながら、まっすぐブルームーンへと向かった。

「【第十一位階歯車魔導連結《エクス・デイド・ヴォルテクス》】」

魔力の砲弾が蒼《あお》い月を撃ち抜いた。

浮力を失い、巨大な月はみるみる真下へと落ちてくる。

アインたちのいるその場所へ——

「【第十一位階魔導連結加工器物《エクス・デイド・リレイス》】」

十一枚の歯車魔法陣に覆われ、落ちてきたブルームーンがある形に変形していく。

そして——

ズドォオンと湖の小島が激しく揺れた。

アインたちの目の前にはシャノンが作った見本通りの歯車の城がそびえ立っていた。

「おしろなおたー。シャノンのみほんとおんなじー」

嬉《うれ》しそうなシャノンの声が響き渡ったのだった。

§ 9. 古代魔法兵器①

魔法省アンデルデズン研究塔。所長室。

「なにが歯車大系だ!!」

基幹魔法開発と書かれた号外が勢いよく破り捨てられる。

新所長ジョージは目を剝《む》き、顔を真っ赤にして、わなわなと体を怒りに震わせていた。

「諸君！　成果はまだかね？」

部下たちを、ジョージはギロリと睨《にら》み、怒鳴りつけた。

「まさか魔法省の精鋭が、無学位に負けるような恥は曝《さら》さんだろうな」

部下はなんとも返答に困った表情を浮かべた。

基幹魔法を超えるような研究成果など、出せるわけがない。

『誰だよ……歯車大系を開発したのアイン室長だってバラした奴《やつ》……』

『元々室長が歯車大系の譲渡を持ちかけてたらしいです』

『ああ……そりゃ大失態だ……』

などと部下たちはジョージに聞こえないように、【魔音通話《テスラ》】の魔法でこそこそと会話している。

「なんとか言いたまえ。君たちは無学位以下かね」

と、ジョージは嫌味を言う。

ますます部下たちが萎縮する中、一人の男が口を開いた。

「歯車大系の権利申請《ライセンス》に対し、異議申し立てをしてみるのはいかがでございましょうか？」

デイヴィットである。

「なにぃ……？」

「つまり、ジョージ・バロムが開発していた新魔法が盗まれたのだと」

表情を崩さず、ジョージはそしらぬ顔で言った。

「……君には小言を言わねばならんな。他の者は外したまえ」

部下たちは全員退出し、デイヴィット一人が残された。

無論、小言を言うつもりがないのは明白だ。裏道を使う以上、他の者に聞かせるわけにはいかないということである。

「それで？」

「無学位の魔導師は学界での発言権がなく、名前も残りません。魔導博士《まどうはかせ》の学位を持つ所長と争えば、どちらが支持されるかは明らかかと」

「……確かに、話を学界にまで持っていけば私が勝つだろうな」

無学位の魔導師というのはそれだけ立場が低く、信用がないのだ。

「認定日前に基幹魔法陣さえ手に入れば……」

「どうやってだ？」

その問いに、ニヤリと笑いながら、デイヴィットは懐《ふところ》から、一枚の写真を取り出す。

シャノンの姿が写っていた。

「アイン・シュベルトには、小さな娘がいるようです」

娘を人質に取り、基幹魔法陣を引き出すという意味だ。

「とはいえ、奴《やつ》は粗暴な魔法が得意で」

実力行使をするのに、手を貸してほしいという意味であった。

すると、ジョージが手をさっと上げ、魔力を発した。

「私はこれでも第十二層宝物庫の鍵を管理していてね」

宝物庫の鍵がそこに出現し、彼は得意げに言った。

「というと、あの……十二賢聖偉人がダークムーンで造ったという……?」

ニヤリとジョージが笑う。

「古代魔法兵器ゲズワーズ。アゼニア・バビロンの傑作など、無学位に使うにはもったいないがね」

§　§　§

一週間後——

リーン、と湖の古城の呼び鈴が鳴った。

「シャノンがでるー」

と、彼女は走っていき、内鍵を外そうと背伸びをする。しかし届かなかった。

アインが両手で体を持ち上げてやると、シャノンは嬉《うれ》しそうに鍵を外した。

扉の向こう側にいたのは、軍服を纏《まと》った青年だ。

長い黒髪を後ろで縛った美丈夫で、深紅の瞳は切れそうなほどに鋭い。

腰には刀を下げていた。

「いっしゃいます！」

元気よくシャノンが挨拶する。

「ここは、ぱぱのいえです。シャノンはぱぱのこです」

「聖軍総督直属、実験部隊黒竜隊長ギーチェ・バルモンドだ。魔導師《オリエンタル・ムーン》の水月違法採集の罪により、アイン・シュベルトを逮捕する」

「ぱぱ、たいほ……!?」

シャノンの脳裏には（たいほ、ろうごく、いぎょうなし）といった映像が浮かぶ。

すぐさま両手をそろえ、シャノンは手錠をかけられるときのポーズをとった。

「シャノンがやりました！」

「そもそも、魔導師《オリエンタル・ムーン》の水月は、管轄じゃないだろ」

アインがそう言うと、ギーチェは僅かに目元を緩めた。

「久しぶりだな、アイン。相変わらず生意気な面だ」

「オマエこそ、つまらん冗談に拍車がかかったな、ギーチェ」

軽口をたたき合う二人を、シャノンは首を振って交互に見た。

「ぱぱは、たいほなし？」

「コイツは魔導学院時代の悪友だ。用があって呼び出した」

アインが言う。

「むざい」

と、シャノンは勝利を勝ち取ったかのように拳を突き上げたのだった。

§　§　§

応接間。

アインはギーチェに出すための紅茶を入れている。

「ギーチェ。ぱぱは、おうとでいちばん？」

父親を褒められたいのだろう。嬉《うれ》しそうにシャノンが尋ねると、ギーチェは空気を読んで和やかに言った。

「王都一と言っても控えめなほどだ。なにせ、こいつが憧れてる十二賢聖偉人アゼニア・バビロンに並ぶ偉業だからな」

「別に憧れてはいない」

と、アインは険のある声で言い、紅茶をギーチェの前に置いた。

「ぱぱはアゼニアより、すごいいじんっ？」

期待を込めた目でシャノンが聞いてくる。

一瞬の沈黙の後、アインは答えた。

「……馬鹿者。アゼニア・バビロンは魔導学の祖だ。現代でさえ解読できてない魔導書がごまんとある。オレはまだ彼の指先にすら及んでいない」

「でも、ぱぱ、いちばんあたらしいいじんなるでしょ？」

シャノンがピッと人差し指を伸ばし、一番をアピールする。

その質問に、アインは真顔のまま押し黙った。

「それは無理だな」

と、代わりに答えたギーチェが、紅茶のカップを口元に運びながら言う。

「なにせ、こいつは性格が悪い」

「別になりたかねえよ。先に用件を済ませろ」

ギーチェは懐《ふところ》に手を入れて、封蠟《ふうろう》をした封筒をアインに手渡した。

アインはそれを受け取ると、ちらりと横目でシャノンを見た。

その後に、静かに立ち上がる。

「出かけてくる。ついでにシャノンに飯を作っていってくれ」

「……おい。待て」

ギーチェが言う。

「シャノンもいくっ」

駆け寄るシャノンの頭をアインがつかむと、彼女は腕をジタバタと回しながら、「い――く――」と駄々をこねている。

「留守番してたら、ギーチェが二〇段のホットケーキを作ってくれるぞ」

現金にもシャノンがばっと振り向き、瞳をキラキラとさせていた。

僅かにギーチェは怯《ひる》み、

「……一〇段が限界だ」

折れるようにそう言った。

§10．古代魔法兵器②

厨房《ちゅうぼう》。

エプロンをしたギーチェはフライパンを振るい、ホットケーキをひっくり返す。シャノンはテーブルに座り、フォーク二本を手にしながら、わくわくと待っていた。

目の前の皿に、ギーチェがポン、ポポンとホットケーキを三枚重ねる。シャノンはキラキラと青い瞳を輝かせた。

「おぉー……！」

「残り七枚だ」

再びかまどに向かったギーチェは、ボウルを手にし、フライパンにホットケーキの種を流し込む。

「ギーチェ、いいことおしえたげる！」

椅子に座りながら振り向いたシャノンが、笑顔で言った。

「ぱぱ、えらいの。シャノンにまみーもくれる」

フライパンを振るい、ギーチェはホットケーキを三つ同時にひっくり返す。

「そうか。偉いな」

「いじんなるかな？」

期待するようにシャノンが聞いてくる。

先ほど性格が悪いから無理だとギーチェが言ったため、父親の良《い》いところをアピールしたかったのだろう。

すぐには答えず、ギーチェはフライパンを見つめている。

「……魔石病《ませきびょう》というのを知っているか？」

「ごびょうき？」

「体が魔石化する不治の病だ。アンデルデズン魔導学院で、ある学生がそれを研究していた。父親が魔石病だったからだ。だが、学生に治療法を見つけられるはずもない」

　淡々とギーチェは語る。

「亡《な》くなる数日前、父親は息子に言った。『いつか、私とお前の研究が実を結び、多くの人々を救う。私の人生は無駄じゃなかった』」

　ギーチェの脳裏には、ベッドで話しかける父親の姿が浮かぶ。

「だが、葬式に訪れた父親の上役は、彼をなんの研究成果も残さず、無駄死にした馬鹿だと言い捨てた」

「わるいやつっ。シャノン、きらい」

　シャノンは嫌そうな顔をして言う。

「……息子はなにも言えなかった」

　ギーチェは言った。

「上役は魔法省のトップ、総魔《そうま》大臣《だいじん》ゴルベルド・アデム。一介の学生に、たてつくことができる相手ではない」

　むー、とシャノンはご立腹の様子だ。

「だが、怖《お》じ気《け》づいた息子をよそに、アインはゴルベルドに『間違っている』と言い放った」

「ぶっとばした！」

嬉《うれ》しそうにシャノンがパンチを繰り出している。

「それで魔導学院を除籍された。あいつは二度と学位をとれない。学位のない魔導師の名は、学界に出せないのが古くからのしきたりだ。魔法史に載ることもない」

「まほうし、のらないといくない？」

不思議そうにシャノンが聞いた。

「権利《ライセンス》は持てる。だが、名声は別だ」

焼き上がった三枚のホットケーキを、ギーチェは皿に重ねた。

「頭を下げて、自分が間違っていたと言えば、除籍まではいかなかっただろう。そうすれば、今頃あいつは、生きながらに魔法史に名を残す偉人だった」

残りのホットケーキを焼きながら、ギーチェはどこか遠い目をしていた。

「ぱぱは、いじんなりたいひと」

なれないと困る、という風にシャノンが言う。

「傲慢で、偏屈で、社会性がないが、魔法にだけは誠実だ。あれだけ十二賢聖偉人に敬意を払う奴《やつ》が、それを望まんわけがない」

だが……とギーチェは昔を振り返る。

若き日のアインは彼に言ったのだ。

――総魔大臣だろうとなんだろうと、魔法は忖度《そんたく》しないぜ、ギーチェ。

「馬鹿な野郎だ。昔っからな」

振り向いたギーチェは寂しげだった。

§　§　§

夕方――

古城の玄関口にて、帰《かえ》り際《ぎわ》にギーチェは言った。

「では、戸締まりを忘れないことだ」

「ギーチェのはこあるから、シャノンもとどく」

木箱の上に乗りながら、シャノンは言った。

内鍵に手が届かないため、ギーチェが用意したものだ。彼が帰った後、シャノンはしっかりと扉の鍵を閉めた。

§　§　§

そして、その夜。

シャノンは一人で留守番をしながら、【加工器物《リレイス》】の歯車で様々な形の物体を作って遊んでいた。

ふとエントランスの方からガタッという音が聞こえた。

「ぱぱ、かえってきた！」

大急ぎで彼女は出迎えにいく。

しかし、エントランスに到着してみれば、そこには誰もいなかった。

キョロキョロとシャノンは辺りを見回し、扉へ近づいていく。

「ぱぱ……？」

そのとき、シャノンの背後から忍び寄る影が見えた。

§　§　§

湖の古城前。

夜。アインは帰ってきた。

扉の鍵穴に鍵を差し入れた瞬間、彼は僅かに視線を鋭くした。

（鍵がかかっていない？）

疑問を覚えつつも扉を開き、アインは中へ入る。

「ギーチェ。まだいるのか？」

そう呼びかける。

ギーチェがまだ帰っていないのなら、鍵がかかっていないのも道理だろう。

だが、返事はない。

視界の端にアインはある物を見つけ、視線を落とす。

歯車のネックレスとリボンが落ちていたのだ。

（シャノンのリボンと【加工器物《リレイス》】の歯車……）

彼はそれを拾い上げ、次の瞬間はっとした。

ピシィ、と床に亀裂が入った。

ドゴオォォォとけたたましい音を鳴らしながら、巨大な漆黒の手が床をぶち破り、大穴を開けたのだ。

咄嗟《とっさ》に跳躍し、回避したアインだったが、そのまま穴の下へと落下していく。

（……深い。城の下にこんな空洞はなかった）

【飛空《レフ》】の魔法で減速し、アインは地面に着地する。

辺りは地下を無理矢理抉《えぐ》り取《と》ったような大空洞だ。先ほどの巨大な手の主が、この馬鹿でかい穴をあけたのだろう。

『動くな。アイン・シュベルト』

アインの周りを囲むように、魔法の光が次々と灯《とも》っていく。

暗闇の中、徐々にあらわになったのは見上げるほどに巨大で、闇よりも漆黒の魔導人形だった。

ダークオリハルコンで造られたそいつは、法衣を纏《まと》った魔導師を彷彿《ほうふつ》させる。

（……こいつは、古代魔法兵器ゲズワーズだと……!? アゼニア・バビロンの傑作。起動しただけで魔法協定に違反する代物だぞ）

実際に見るのはこれが初めてだ。にもかかわらず、すぐさまアインはその正体を見抜いた。

それほどまでにその古代魔法兵器は有名なのだ。

『娘の命が惜しければ、歯車大系の基幹魔法陣を出せ』

ゲズワーズから声が響き、胸部に魔法陣が描かれる。

その部分が透け、内部には意識を失ったシャノンがいるのが見えた。

（狙いは歯車大系の権利《ライセンス》か。内部の御者台にシャノンがいるということは遠隔操作だな。術者と魔法線がつながっているはずだ）

その推測は正しい。

ゲズワーズの術者はデイヴィット。彼はアインに正体を知られないよう、アンデルデズン研究塔から遠隔操作術式を使っていた。

『早くしろ』

アインは魔法陣を描き、一枚の羊皮紙を取り出す。

「これが目当てのものだ。くれてやる。だが」

ゲズワーズからは見えないよう、アインは後ろ手で、【相対時間停止《レズン・ネゼ》】を使うための、魔時計《まどけい》の杖《つえ》を魔法陣から取り出していく。

「先にシャノンを解放し――」

巨大なダークオリハルコンの拳が押しつぶすようにアインを殴りつけた。

地下の堅い土壌にくっきりとクレーターが刻まれている。

『基幹魔法陣の在処《ありか》さえわかりゃ、もう用はねえよ！』

勝ち誇るようにデイヴィットがそう叫んだ。

そのときだ。

「……なるほど。オマエは無能だな」

巨大な拳の下から声が聞こえた。

押しつぶされたはずのアインの声が。

『……な、にっ⁉』

受け止めている。

質量が桁違いの魔法兵器の一撃を、アインはあろうことか、素手で支えていたのだ。

それどころか少しずつゲズワーズの巨体が押し返される。

「ゲズワーズの御者台にいる限り、シャノンは安全だ」

ゲズワーズの御者台は、本来それを操るための術者を守るため、最も強固な結界が張られている。

たとえゲズワーズが破壊されても、術者だけは守り通すだろう。

ぐ、ぐぐぐ、と持ち上げていき、アインはとうとう拳を完全に押し返した。

『……⁉』

歯車魔法陣が四枚、アインの周囲で回転していた。

アインの体が魔導連結している。すなわちそれは、魔力の歯車で力の歯車を回し、膂力《りょりょく》を増幅させる魔法——

「【剛力歯車魔導連結四輪《ガウベルク・バッツエ》】」

四つの歯車魔法陣が勢いよく回転し、アインはゲズワーズの巨体をゆらりと宙に浮かせる。

それをそのまま、彼は勢いよく投げつけた。

ドゴオオオオォォォォォォンッとゲズワーズは岩壁に巨体をめり込ませ、その場に崩れ落ちたのだった。

§11．後生への宿題

岩壁にめり込み、崩れた瓦礫《がれき》に埋もれるゲズワーズにアインは視線を向けた。

（ゲズワーズは魔法省の所有物だ。なら、犯人は魔法省の人間……）

ヒビが入った岩壁が更に崩れ、ゲズワーズに瓦礫《がれき》が降り注ぐ。

（いや、そんなことよりも——）

素早く時間の杖《つえ》を構え、アインは魔法を発動する。

「【相対時間停止《レズン・ネゼ》】！」

球形の立体魔法陣がゲズワーズの巨体を丸々飲み込み、局所的に時間を停止させる魔法空間を構築した。

降り注ぐ瓦礫《がれき》が、その場にピタリと停止する。

しかし——

瓦礫《がれき》を蹴散らすように、ぬっとゲズワーズの手が伸びた。

焦《あせ》ることなく、アインは思考を働かせる。

（【相対時間停止《レズン・ネゼ》】の無効化。これがアゼニア・バビロンの魔導書に記されていたゲズワーズの第十三位階結界魔法――）

無傷のゲズワーズが立ち上がる。

その周囲には、黒き魔法障壁が球状に展開されていた。

（――【闇月《シエスタ》】）

アゼニア・バビロンは魔導学の祖。彼が作った古代魔法兵器ゲズワーズについては、様々な魔導書によりその記録が残されている。

その中でも、鉄壁と名高いのが【闇月《シエスタ》】である。だが存在は知っているものの、アインも実際に見るのは初めてだった。

その魔法を分析するため、彼は魔眼を光らせる。

『ビビらせやがって！』

ゲズワーズから術者の声が聞こえてくる。

『立場をわかってねえようだな。次に舐《な》めた真似《まね》をしやがったら、娘を殺すぞ』

「無理だろう」

デイヴィットの脅しに対して、アインは平然と答えた。

「御者台にいる人間を最優先で守るのがゲズワーズの術式機構だ。起動を停止しなければ、シヤノンにはかすり傷一つつけられん」

ゲズワーズの術者は押し黙る。

【闇月《シエスタ》】同様、ゲズワーズの研究者界隈《かいわい》では有名な話だ。

ゲズワーズを管理する魔法省の魔導師がその論文を書いたこともある。

それに目を通したことがあれば、デイヴィットが口にしたのが苦し紛れの台詞《せりふ》ということは明白だった。

「大方ゲズワーズを持ち出せば、実力行使で片がつくと思っていたんだろうが」

敵の心理を見透かしたように、アインは鋭い視線を放つ。

「下手な脅しは、ない頭が透けて見えるぞ」

『図に乗るなよ！　このゲズワーズを倒さねえと娘を助けられねえってことだろうが！　無学位が！』

挑発に乗って、デイヴィットが攻撃を仕掛けてきた。

ゲズワーズの魔眼に魔力が集中し、漆黒の光線が発射される。それは目にも止まらぬほどの速度でアインに迫った。

地面がどろりと溶ける。

間一髪、飛んでかわしたアインはゲズワーズに狙いを定め、無数の魔法陣を描く。

「【魔炎砲《ボルク》】」

放たれた無数の炎弾はしかし、すべてが【闇月《シエスタ》】の壁に阻《はば》まれる。

アインは魔眼でその魔法結界を観察していた。

(物理的な攻撃は通るだろうが、ダークオリハルコンは堅すぎる。あの結界をなんとかしないことには勝ち目がない)

【剛力歯車魔導連結四輪《ガウベルク・バッツェ》】で岩壁に叩《たた》きつけたが、ゲズワーズは傷一つついていないのだ。

魔力を通すと物理的に強固になるのが、ダークオリハルコンの特性だ。ゲズワーズが起動している限り、魔法以外で傷つけるのは難しい。

だが、魔法は【闇月《シエスタ》】で防がれる。

『【闇雫《ベリアル》】』

ゲズワーズの左右の目に魔法陣が描かれ、黒き光の線が直進した。

空を飛びながら、それを回避したアイン。

『アゼニア・バビロン曰《いわ》く』

術者の声が響く。

その直後、【闇雫《ベリアル》】が弾《はじ》けるように拡散した。それは逃げ場がないほど広範囲に降り注ぐ。

『ゲズワーズは後生へ遺《のこ》す宿題だ。独力で倒したなら、私の魔法技術を超えたと思ってもらって構わない』

後退を続けていたアインだったが、反転して魔法障壁を張り巡らせる。

だが、いとも容易《たやす》くその守りは貫通され、アインの四肢が撃ち抜かれた。

浮力を失い、彼は手をついて地面に着地した。

『てめえにアゼニア・バビロンを超えられんのかよ。なあ、無学位』

勝ち誇ったようにデイヴィットは言う。

たとえ術者が未熟だとしても、古代魔法兵器ゲズワーズは十二賢聖偉人アゼニア・バビロンの傑作だ。

アインは顔を上げ、まっすぐその偉大なる魔導の産物を見据えた。

「それが今、手を伸ばさない理由になるのか」

『身の程を知れってんだよ！』

罵声とともに、ゲズワーズの両手から発射された魔法砲弾が次々と爆発する。

反撃のための魔法陣を描きながら、走り抜けようとするアインに、その一発が着弾し、爆炎が舞った。

だが、無事だ。

アインは【相対時間停止《レズン・ネゼ》】にて、その砲撃の時間を停止していた。

（【闇月《シエスタ》】は十三位階。手持ちの魔法は十一位階が限界だ。位階が二つも離れていては力比べにもならん。ならば――）

アインは地面を蹴り、大きく後退する。

『は！　逃がさねぇよ！』

魔力を噴出し、滑るようにゲズワーズは前進する。

後ろへ下がっていくアインに、ゲズワーズはあっという間に追いついた。

巨大な右手がアインに振り下ろされる――その直前だった。

ゲズワーズの背後で歯車魔法陣が起動し、照準を定めていた。

（さっきの【相対時間停止《レズン・ネゼ》】で爆炎の中に隠した魔法陣の時間も止めていた。時間停止が自然に解けると同時に魔法が動き出す）

すべてはアインの誘い。

ゲズワーズの砲撃を【相対時間停止《レズン・ネゼ》】で防いだときから、彼にはこの絵が見えていた。

（術者が攻撃を認識できなければ、どんな強力な結界も無力だ）

【第十一位階歯車魔導連結《エクス・デイド・ヴォルテクス》】。

十一枚の歯車魔法陣、その魔導連結によって極限まで増幅された魔力が撃ち出された。

魔力の光線が目映《まばゆ》く煌《きら》めき、背後からゲズワーズを灼《や》き、周囲の岩盤を粉砕して、派手な爆発を引き起こした。

黒煙がもうもうと立ちこめる中、素早くアインは次の行動に移り、走り出した。

（残存マナで御者台の結界は数分もつ。シャノンを助けるのは時間との勝負だ）

ゲズワーズが完全に破壊される前に、シャノンを御者台から救い出さなければ、押しつぶされてしまう。アインはまっすぐゲズワーズへ向かった。

だが、そのとき、黒煙の向こう側が光った。

咄嗟《とっさ》に身を捻《ひね》ろうとしたアインだったが、それよりも早く闇の光線が彼の手にしていた杖《つえ》と右腕を撃ち抜いた。

「ぐっ……!!」

『残念だったな』

術者の声が響き渡る。

『ゲズワーズに死角はねぇ！』

黒煙が晴れれば、そこに【闇月《シエスタ》】を展開した無傷のゲズワーズが立っていた。

その言葉には耳も貸さず、アインは右腕を押さえながらゲズワーズの【闇月《シエスタ》】を観察していく。

（術者は反応できていなかった。つまり、魔法障壁の自動展開術式か。ゲズワーズが魔法陣の起動魔力を感知し、周囲の状況を解析、【闇月《シエスタ》】が自動展開される）

並の自動展開術式なら複雑な攻撃には対応できない。

だが、歯車魔法陣と【相対時間停止《レズン・ネゼ》】、背後からの砲撃にさえ、【闇月《シエスタ》】の自動展開は微塵《みじん》も遅れなかった。

（オレが見た魔導書には載っていなかった。信じがたいほどの性能だ。だが――）

『これで終わりだ』
ゲズワーズの足が地面から離れ、地下空洞の天井付近まで上昇していく。
その両目に魔法陣が描かれ、魔力が溢《あふ》れかえった。
とどめをさすつもりだろう。
『【闇雫《ベリアル》】』
アインは無事な左手を使い、魔力を集中していく。
(アゼニア・バビロンが宿題といったからには、答えは必ずある)
一瞬たりとも迷うことなく、アインはその巨体と勝利への道筋をまっすぐに見据えた。

§12. 答え

昔々あるところに、強欲なる王がいました。
王と王の兵は非道の限りを尽くし、小国を次々と侵略しました。
ですが、一人の魔法使いが立ちはだかったのです。
彼が駆る巨人兵の目から闇の雫《しずく》がこぼれおち、一夜にして王国は滅びたのでした。

──ルフェンティエリーヤの童話集より抜粋。

§　§　§

（一国を滅ぼしたゲズワーズの【闇雫《ベリアル》】、夢中になって読んだ偉人のお伽噺《とぎばなし》が今、オレに襲いかかってくる）

降り注ぐ闇の雨、逃げ場がないほどの広範囲砲撃だ。

（だが、オレはもうお伽噺《とぎばなし》に胸を弾ませるだけの子どもではない）

魔眼を凝らし、アインは【闇雫《ベリアル》】を解析していく。

その目とその頭で、降り注ぐ闇の雫《しずく》の軌道を読もうというのだ。

（まだらな雨など、あのときの魔力暴走に比べれば隙間だらけだ！）

広範囲に降り注ぐ【闇雫《ベリアル》】に対し、アインは下がろうとはせずに、むしろそのまっただ中へ向かって一歩を踏み込む。

大きく腕を振り、飛び上がるための反動をつけた。

その背中に魔力が溢《あふ》れ、魔法陣が形成されていく。

「【加速歯車魔導連結二輪《ジルセイド・トルテ》】」

魔力を速度に変換する歯車大系魔法。

二つの歯車魔法陣が勢いよく回転すれば、それに魔導連結したアインが高速で加速する。

矢のように飛翔《ひしょう》したアインは、【闇雫《ベリアル》】の僅かな隙間を見抜き、そこに体を滑り込ませた。

いかなる神業か、すべての雨を避けながらも前へ飛び、危険な領域を抜けた。

だが、そこを待ち構えていたか、ゲズワーズの手が迫っていた。

『馬鹿め』

闇を纏《まと》ったダークオリハルコンの手刀が勢いよく襲いかかる。

それは【闇雫《ベリアル》】の隙間を抜けたアインに、直撃するタイミングだった。

「【加速歯車魔導連結四輪《ジルセイド・バッツェ》】！」

歯車魔法陣が四つに増え、アインは急激に加速した。

タイミングをズラしたことで、突き出された拳をぎりぎりのところでかわし、彼はそのままゲズワーズの顔面へ肉薄していく。

（通常、位階が上がるほど魔法の発動は遅くなる。

第十三位階の【闇月《シエスタ》】展開が、魔法を感知した後で間に合うのは、術者とゲズワーズの距離によるものが大きい。

魔法砲撃が届くまでの時間で【闇月《シエスタ》】を展開しているのだ。

つまり、ゲズワーズの急所は、最も危険な【闇雫《ベリアル》】の集中砲火を抜けた先――

この至近距離なら、〇・一秒でも早く魔法を発動できれば先に届く。

これが答えだ。アゼニア・バビロン！）

「【第五位階歯車魔導連結《ヴォルテクス》】！」

速度重視で歯車魔法陣を描き、アインは魔力の砲弾を撃ち放った。

発動速度を重視した第五位階魔法。ダークオリハルコンに傷をつけられるぎりぎりまで位階を落としたのだ。

アインの魔法技術は一級魔導師の中でもトップクラス。その発動速度には殆《ほとん》どの魔導師がついてこられないだろう。

だが――

それでもなお、【闇月《シエスタ》】の展開が早い。

【第五位階歯車魔導連結《ヴォルテクス》】は闇の魔法障壁に阻《はば》まれ、アインはゲズワーズの巨大な手にわしづかみにされた。

「がはっ……‼」

体を強く圧迫され、口から吐血する。全身がぎしぎしと軋《きし》んだ。

（第十三位階魔法でなお、オレの第五位階魔法よりも早い……）

これがゲズワーズ。

これがアゼニア・バビロン……

(すまん、シャノン、オレは……)

ゲズワーズを独力で倒したなら、そのときは私の魔法技術を超えたと思ってもらって構わない……アインは改めてアゼニア・バビロンが遺《のこ》したその言葉の意味を悟った。

(オレはまだ彼の指先にすら及んでいない)

アインの思考に絶望がよぎったそのとき、

――でも、ぱぱ、いちばんあたらしいいじんなるでしょ。

シャノンの声が聞こえた気がした。

彼女が口にしたその言葉が、絶望を払う。アインははっとして、目を大きく見開いていた。

思考の歯車がガシャガシャッと噛《か》み合《あ》っていき、勢いよく回転し始める。

そう、ゲズワーズの【闇月《シエスタ》】は、魔法陣の起動を感知して展開されている。

だとすれば――

『本物の偉人との差を思い知ったかよ。大人しく歯車大系の基幹魔法陣をよこしな』

勝ち誇ったように、デイヴィットは言う。

「……確かに、魔法研究も、魔法技術も、オレはまだ彼の指先にすら及んでいない」

ゲズワーズに体を締め付けられながらも、アインが唯一自由な右手を上げる。

「だが、一つだけ、オレが有利な点がある」

その手には、シャノンが落としていった歯車があった。

城の模型を作るのに使った【加工器物《リレイス》】の器工魔法陣が。

「アゼニア・バビロンはオレを……歯車大系を知らん」

アインがその歯車を放り投げる。

わしづかみにされた状態では力も入れられず、重力に任せてそれはゲズワーズの顔面に落ちていく。

【加工器物《リレイス》】の器工魔法陣が発動し、光を発する。

『馬鹿が！　器工魔法陣だろうと魔法は効かな――』

言いかけて、デイヴィットは絶句する。

ぐにゃりとゲズワーズの顔が歪《いびつ》に変形したのだ。

魔法陣を描きながら、アインは言った。

「ゲズワーズを動かす器工魔法陣の殆《ほとん》どは頭部にある。これだけ変形して、さっきと同じだけの精度で【闇月《シエスタ》】を展開できるか」

巨大な歯車魔法陣がそこに出現した。

合計十一枚の歯車が、彼の魔力を増幅させていく。

『ふ、防げっ！　ゲズワー』

さすがに焦《あせ》ったデイヴィットが遠隔操作にて、ゲズワーズに命令を送ろうとする。

だが、遅い。

そもそも、自ら操作するよりも優れているからこそ、防御は自動展開術式に任せていたのだ。

「――【第十一位階歯車魔導連結《エクス・デイド・ヴォルテクス》】!!」

歯車魔法陣にて増幅した激しい魔力の光線が、巨人の頭部を撃ち抜く。

先ほどまでとは違い、【闇月《シエスタ》】は展開されず、まともに食らったゲズワーズの頭は丸ごと吹っ飛んでいた。

ガタン、とゲズワーズが膝をつく。

その手の力が抜け、アインは解放された。

『……な……!?』

研究塔にいるデイヴィットが、魔法球に映るその光景を見ながら息を呑《の》んだ。

頭部を破壊されたことでゲズワーズは完全に沈黙している。

『……なんでだ、あの歯車にだけ、【闇月《シエスタ》】が……』

「歯車大系は魔力のない人間にも使えるように開発した魔法だ」

アインは言いながら、地面に落ちた歯車を拾った。

それをゲズワーズの胸部に向け、【加工器物《リレイス》】の光を放つ。

「器物に魔法陣が組み込まれている器工魔法陣でも、通常は起動するためには魔力を送る必要がある」

ゆえに、シャノンは【相対時間停止《レズン・ネゼ》】の杖《つえ》を使っても魔法を使えなかった。

起動魔力を送り、制御しなければならないからだ。

「ゲズワーズはその起動時の魔力を感知して、【闇月《シエスタ》】の展開を行う。だが、歯車大系の器工魔法陣は常に魔法陣が起動しているため、魔力を送る必要がない」

そのため、魔力制御が苦手なシャノンでも使うことができる。

つまり、

「起動魔力の工程がないため、【闇月《シエスタ》】の術式機構は反応しない」

起動魔力を感知して自動展開される仕組みである以上、それがなければ反応しないのは道理だ。

「魔力を送る必要がない器工魔法陣は歯車大系が史上初。一八〇〇年前の時代に生まれたアゼニア・バビロンに、この対策を講じることは不可能だ」

常時起動の器工魔法陣に、ゲズワーズの術式機構は沈黙した。彼が生きた時代には、そんなものが存在しなかったからだ。

知らないものは、十二賢聖偉人でもどうしようもない。

【加工器物《リレイス》】の光を浴びせられたゲズワーズの胸部がぐにゃりと変形していき、内部の御者台が剝《む》き出《だ》しになった。

アインはシャノンに魔法線をつなげ、【飛空《レフ》】の魔法にて浮かせる。彼女はゆっくりとゲズワーズから下ろされ、アインのもとへ飛んできた。

彼はぎゅっとシャノンを抱き締めた。

「怖い思いをさせたな。もう心配はいらん」

彼女は気を失っている。

目尻に涙が浮かんでいるのを見て、アインは胸が詰まった。

その一方で、

（クソッ。だが野郎はこっちの正体に気がついていない）

デイヴィットは研究塔にいる。遠隔操作である以上、正体に気がつきようがない。彼はそう考えていた。

（まだチャンスは――）

「どこのどいつだか知らんが」

魔法線の向こう側にいる術者へ、アインは言った。

魔法球越しの映像にもかかわらず、その気迫にビクッと、デイヴィットは体を震わせた。

「オマエが犯した罪から、逃げ切れると思うな」

§13．魔法線

魔法省アンデルデズン研究塔。所長室。

『——オマエが犯した罪から、逃げ切れると思うな』

魔法球に映ったアインを見ながら、デイヴィットは一瞬青ざめた。

（調子に乗りやがって……！）

内心で毒づくも、彼は気が気ではない様子だ。

もしも、アインの言葉になんらかの裏付けがあるのだとすれば、身の破滅だ。ゲズワーズの違法運用はそれほどの重罪なのだ。

「どう責任をとる気かね？」

背後から声が響き、ビクッとディヴィットは体を震わせる。

ジョージ所長が、殺気だった目で彼を睨《ね》めつける。

デイヴィットは必死で弁解した。

「い、いえ。まだ時間は……証拠はなにも残していませんし、勘づかれるような——」

『【逆転移《ロエス》】』

「——こと、は……!?」

ジョージ所長がぐにゃりと歪《ゆが》んだ。

いや、違う。

歪《ゆが》んでいるのは、デイヴィットの視界だ。

彼の身に、空間の歪《ゆが》みが生じる魔法がかけられているのだ。

§　§　§

「オマエか」

瞬間、デイヴィットの目の前にアインの顔が映った。

「なっ……!?　なんで？」

ドタン、とデイヴィットは尻餅をつく。

さっきまで研究塔にいたはずが、彼は湖の古城——その地下の大空洞に転移していた。

より正確にはゲズワーズの御者台の中だ。

「ゲズワーズには魔法線でつながった術者を御者台に転移させる術式機構がある」

術者を安全にゲズワーズ内部に収容するためのものだが、アインはそれを利用した。

つまり、つながった魔法線を逆探知して、デイヴィットの遠隔操作術式に干渉。【逆転移《ロエス》】の魔法を強制的にねじ込み、ここまで転移させたのだ。

「外部との魔法線は使い終わったら切れと言っただろ、デイヴィット」

すべてを見透かしたようなアインの視線が突き刺さる。

まるで蛇に睨《にら》まれたカエルだった。

「く、くそっ！」

デイヴィットが魔法砲撃を放とうとするが、アインの方が早い。

「ぐ、ぎゃあぁぁ」

彼の足下に描かれた魔法陣から、黒い鎖が現れ、その体をきつく縛りつけたのだった。

§　§　§

その翌日――

湖の古城。応接間。

「で？」

やってきたギーチェが疑問の声を上げた。

応接間には飾り付けがされており、テーブルには大量の料理が並べられている。

まるでこれからパーティでも始めると言わんばかりだ。

「どういうことなんだ、これは？」

「しゅく！　シャノンきゅうしゅつきねんパーティ！」

ホットケーキの載った皿を頭上に掲げ、元気よくシャノンが言った。

ギーチェは無言でアインを見た。

「今日、私がなにをしに来たかわかっているのか？」

「馬車が来るまで暇だろ。つき合え」

シャノンからホットケーキの皿を受け取りつつ、アインが言った。

「ギーチェ、シャノンだしものするからみて！」

勢いよく手を上げて、シャノンが言う。

「ん？　ああ」

「演《だ》し物《もの》？」

皿をテーブルに置きつつ、アインが首を捻《ひね》った。

「ギーチェにシャノンきゅうしゅつさくせんみせる！　しゅえんシャノン！」

シャノンが可愛《かわい》らしく胸を張り、主演をアピールする。

そして、ビッとアインを指さした。

「ぱぱ役ぱぱっ！」

「おい……」

アインが声をもらすも、シャノンはそのままの勢いでギーチェを指さす。

「ゲズワーズ役ギーチェ！」

「なにっ⁉」

ギーチェが目を見開き、あんぐりと口を開ける。

「わがままを言うな。パーティをすると言ったが、そんな意味のわからんことは……！」

そうアインが諭そうとすると、シャノンはがっくりと肩を落とした。

「……シャノンのだしもの、いみわからん……」

この上なく気落ちしたシャノンを見て、アインは閉口する。

そうして、踵《きびす》を返《かえ》した。

「わかった。やるぞ」

「やった！」

「三人でだ」

「は⁉」

アインの言葉に、シャノンは全身で喜びをアピールする。

ギーチェは意味がわからないという顔をしていた。

「待て待て。どういうことだ？」

アインの肩をつかみ、ギーチェは問いただす。

「仕方ないだろう。子どもの遊びにつき合うのが大人だ」

「貴様はそんなまともなことを言う奴《やつ》じゃなかっただろう。冷血な自分を思い出せ」

ぐい、とつかんだ肩をギーチェが引き寄せる。

その手を静かに払いのけ、真面目な顔でアインは言った。

「オレも不本意だ。気持ちはわかる」

「わかってたまるか！　貴様はパパ役だろうが。私はゲズワーズだぞっ！」

そんな演技できるものかと言わんばかりに、ギーチェは吠《ほ》えた。

言い争う二人の間をシャノンはとことこと駆け抜けていき、くるりと向き直る。そして、なぜかゆらゆらと揺れ始めた。

「あー、たーすーけーてー」

アインとギーチェが奇行に走るその子を見た。

（これは……？）

と、アインが察し、

（もう始まっている……のか……？）

ギーチェも素早く状況を把握した。

「ゲズワーズくるー」

そう言いながら、シャノンは床をごろごろと転がっていく。

アインに肘でつつかれ、仕方がないといった風にギーチェは言った。

「げ、ゲズワーズだ」

恥ずかしそうに、彼はゲズワーズを演じる。

「だめ。まじめにやるー」

仰向けになりながらも、シャノンは手を交差し、×印を作った。

「ま、まじめに⁉　だが、私は実物を見たことが……！」

思わぬだめ出しに、ギーチェは動揺していた。

シャノンはぐっと両拳を握る。

「だいじょうぶ。ギーチェ、ほっとけーき10だんやけるから、ゲズワーズできる！」

（なに一つ関連性がない！）

ギーチェはそう思わずにはいられなかった。

「ゲズワーズはダークオリハルコン95％、アダマンタイト4％、テレティナスの葉1％だ」

助言のつもりなのか、アインは冷静にそう告げた。

（それがなんだ⁉　こっちは人体100％だが⁉）

ギーチェの視線が険しくなる。

「もっとあしひらく！」

シャノンは力強く言い、足を開いてみせた。

ギーチェは咄嗟《とっさ》にそれを真似《まね》た。

「こ、こうか？」

「いいぞ！　もっと腕を広げろ！」

アインが大きく腕を広げた。ゲズワーズを知らないギーチェはそれを疑う余地はない。同じように腕を広げた。

「すごいさけぶ！」

「なに!?　ゲズワーズは叫ばないはずだが……？」

「げげげーってさけんでた！　シャノンのみみ、たしか！」

シャノンの頭の中の話だが、彼女は力一杯断言した。

「そうだ。実際に戦ってわかったが、ゲズワーズは叫ぶ」

アインは嘘《うそ》などつかないといったような真面目な表情を貼り付け、事実をさらりとねつ造した。

「わ、わかった」

観念したか、すっと息を吸い込み、思いきってギーチェは言った。

「ゲゲゲゲーっ！」

足を開き、腕を広げ、道化極まりない格好でギーチェは叫ぶ。

なんとも言えぬ沈黙が通り過ぎていった。

「すごいゲズワーズ！」

シャノンが大喜びで言った。

「ギーチェ、えんぎのさいのうある！」

ギーチェがアインを振り向く。

「……本当か？」

「強く生きろ」

それが答えだった。

「帰る」

ギーチェは踵《きびす》を返《かえ》す。

「待て、シャノンも喜んでるぞ。ゲズワーズの真似《まね》ぐらい減るもんじゃないだろ」

アインがそう言って引き留めようとすると、先ほどのギーチェのゲズワーズポーズをしながら、シャノンが言った。

「つぎ、ぱぱもいっしょにゲズワーズやる！」

「は⁉」

突如、思いもよらないことを言われ、アインが驚きの声を発する。

「ゲズワーズでかいから、さんにんがったい！」

言いながら、シャノンはアインの足をよじ登っている。

「いや、意味が……」

「娘が喜んでるんだ。ゲズワーズの真似《まね》ぐらい減るものではないだろう」

戻ってきたギーチェが、先ほどの意趣返しのようにアインの肩を優しく叩《たた》いた。

「言っておくが、本当はゲズワーズは叫ばんぞ。オマエがさっきやったのはただの馬鹿丸出しだ」

「人を騙《だま》したことを悪びれずに白状するな」

顔を近づけ、アインとギーチェが睨《にら》み合《あ》う。

なんとも馬鹿馬鹿しい小競《こぜ》り合《あ》いであった。

「シャノン、ぱぱとゲズワーズしたかたな」

父親にやる気がないことを悟ったか、半ば諦めたようにシャノンが呟《つぶや》く。

アインは歯を食いしばった。

そうして、ギーチェがアインを背負い、アインがシャノンを肩車して、三人合体したゲズワーズは声を張り上げる。

湖の古城に「ゲーゲゲゲー、ゲーゲゲゲー、ゲーゲゲゲ・ゲーゲーゲズワーズッ！」という愉快な声が響き渡ったのだった。

§14. 魔力暴走

昼下がり。湖の古城前。

「わぁー」

シャノンの目の前に馬車が止まっていた。

「ばしゃー、のっていいっ？」

期待を瞳いっぱいに浮かべ、馬のポーズをとりながら、シャノンが聞いた。

「ああ。約束したろ。これからこいつでマミーに会いにいく」

「まみー！　シャノン、いまいくー！」

ぱかぱか、と馬の走る真似《まね》をしながら、シャノンは馬車に乗り込んでいく。

その背中をアインは少し寂しそうに見つめていた。

§　§　§

アンデルデズン研究塔。所長室。

話し声が聞こえる。

「――はい。今回の件は、デイヴィットの単独犯のようで。投獄されましたが、根回しはすでに……魔法省に嫌疑がかかる心配はないかと……」

ジョージは目の前の魔法キューブにて、遠隔地と魔法通信を行っている。

口振りからして、相手は彼よりも上役だろう。

『ゲズワーズがあった宝物庫の鍵は、君の管理だったはずだ』

鋭い指摘に、ジョージは狼狽《ろうばい》した表情を浮かべる。

「そ、それは……」

『事件当日に紛失した。そうだね？』

脂汗を垂らしながらも、唯々諾々《いいだくだく》とジョージは従うしかなかった。

「……はい」

『これからは身の振り方に注意しなさい。紛失したはずの鍵が思わぬところから出てくるかもしれないからね』

青ざめた表情で、ごくりとジョージは唾を飲み込む。

ゲズワーズの違法運用の責任をいつでもジョージにとらせることができる。そういう意味であった。

『アイン・シュベルトを解雇した君の責任は重い。基幹魔法とそれを開発するほどの人材を失った。途方もない損失だよ』

反論できず、ジョージは苦渋の表情を浮かべる。

『だが、一つチャンスをあげよう。彼を再雇用し、歯車大系の権利《ライセンス》を譲渡させなさい』

「それはしかし、今更奴《やつ》にはなんのメリットも……どのようにすれば……？」

『それを考えるのが君の仕事だ』

あまりに無茶な要求に、ジョージは言葉を返すことができなかった。ゲズワーズの件がある限り、どんなに不当なことを言っても逆らえないとの判断だろう。

それはジョージがこれまで、部下にやってきたことでもあった。

『ところで、シャノン……彼の娘をゲズワーズに乗せたとき、魔力暴走は起きなかったかい？』

「は……魔力暴走……ですか？」

ジョージは一瞬、言葉に詰まった。

彼の頭によぎるのは、デイヴィットが彼女を御者台に乗せたときの光景だ。

シャノンの体から魔力がこぼれた。

まるで魔力暴走のようにみるみる膨れ上がっていくように思え、デイヴィットにすぐさま御者台を閉めさせたのだ。

それ以降は特に変調はなかった。

(確かに不自然な魔力暴走の予兆はあったが――)

そう考えると同時に、ジョージは回答した。

「……いえ、その点は問題ありません……」

いったいなぜゴルベルドが、孤児の娘に言及したのか。

どうして魔力暴走が起きる可能性を察することができたのか。

知っていてはならないことのように感じ、咄嗟《とっさ》にジョージはそう口にしたのだ。

『そうか。では、朗報を期待しているよ』

「はい。ゴルベルド総魔大臣」

ジョージは深く頭を下げながら、思考する。

(若造め。なにを企《たくら》んでいる？　あの孤児の娘になにがあるというのだ？)

§　§　§

王都アンデルデズンの郊外へ向かい、アインたちを乗せた馬車が走っていた。

「はしったー」

と、シャノンは窓から顔を出し、両手を上げて風を感じていた。

「ギーチェ」

シャノンに聞こえないように小声で、アインは聞いた。

「親権の譲渡手続きは問題ないだろうな？」

「譲渡先は両親ともそろっている。落ちる方が難しい」

そうギーチェは答えた。

「よし。先方が気に入れば決まりだな」

そう口にしたアインを、ギーチェは物言いたげな目で見ていたのだった。

「ばしゃーっ」

往来を走る馬車の中、シャノンは窓から顔を出し、大声を上げている。

「基幹魔法の権利《ライセンス》があれば、子ども一人養うのはわけもないだろう」

何気なくといった素振りで、ギーチェが切り出す。

シャノンが聞いていないのを横目で見た後、アインは興味なさげに答えた。

「研究がある」

「懐《なつ》いてるだろうに」

「シャノンは魔力持ちだ。無学位の親じゃ、才能があっても悲惨なもんだぜ」

「貴様のようにか？」

答えず、アインはただ無言で見返した。

「誰だって、立派な親がいい。そうすれば、昨日のような目にあうこともない」

§　§　§

庭園のある邸宅に馬車は辿《たど》り着《つ》いた。

「おはなたくさんー」

花畑に目を輝かせているシャノンに、アインは視線を向けた。

「シャノン」

アインはしゃがみ込み、シャノンと目線を合わせて真剣な顔つきで言った。

「ここがマミーの家だ。今日からオマエの家になる」

シャノンはその空気を読み取ったか、首をかしげ、聞いた。

「ぱぱもくらす？」

「新しいパパがいる。オレと違って立派なパパだ」

「……」

僅かに唇を噛《か》み、シャノンは口を開く。

「……たまにあそぶかな……？」

「次の研究は何百年かかるかわからない。オマエは馬鹿じゃない。理解できるな？」

そうアインは彼女に言い聞かせた。

「シャノンかしこい。できる」

と、シャノンは父親の期待に応えるように拳を握った。

「マミーはギーチェの親戚だ。オマエの条件とは少し違うが、立派な人だ。これから会わせるが、挨拶はしっかりしろ。それと、いい子にするんだ。約束できるな？」

「あい！」

元気よくシャノンは返事をした。

「よし」

と、アインは彼女の頭を撫《な》でる。

今日は聞き分けがいいな、と彼は思った。

§　§　§

邸宅の中に入った三人を出迎えたのは、品の良《い》い老婦人だった。

「いらっしゃい。あなたがシャノンちゃんね。可愛《かわ》いわ」

シャノンは手を突き出し、指を五本立てた。

「シャノン、5さいっ。きょうからおせわします。よろしくですっ」

アインの言いつけ通り、シャノンは元気よく挨拶する。

言っていることは多少おかしかったが、老婦人はにっこりと笑った。

「元気がいいのね。わたしはメリルよ。よろしくね。中に入ってちょうだい。おいしいお菓子があるの。いろいろお話ししましょう」

「あい！」

メリルはシャノンを邸宅へ招き入れる。

アインがほっと胸を撫《な》で下《お》ろしていると、メリルが振り向く。品良く笑い、彼女は会釈《えしゃく》をした。

§15．魔法史に載らない偉人

メリルの邸宅。リビング。

置かれていた観葉植物をシャノンは物珍しそうにつついている。

「数日後に役所の担当が審査に来るが形式的なものだ。規則では一週間の仮同居の後に、里親側に異論がなければ養子縁組が成立する。いいんだな？」

ギーチェが含みを持たせて言う。

「問題ない。あー……と、メリルさん」

アインが老婦人に話しかける。

「シャノンは感情的で、理路整然としていない部分が多々ありますが、嘘《うそ》はつきません。やるなと言ったことをやりますが、挑戦する気概がある。すぐ疲れて歩かなくなるんですが、体重は軽いのでどうにか。泣き虫ですが、しばらく経《た》てばケロッとしてます。それから……」

「それぐらいにしておけ。きりがない」

ギーチェが呆《あき》れたように言う。

「いいのよ。それから？」

アインはこれだけは言わなければといった風に切り出した。

「一級魔導師以上の魔力があります。魔法が好きで、魔導師にも憧れている。才能がある！」

アインは拳を握り、そう力説する。

「できれば、幼等部から魔導学院を視野に」

「約束するわ」

と、メリルは笑顔で答えた。

「あと、ホットケーキが好きです。たまに焼いてあげてください。できれば、三段」

「三段ね、わかったわ。他には？」

アインは僅かに考え、そして頭を下げた。

「以上で、問題ありません。面倒をかける奴《やつ》ですが、よろしくお願いします」

室内を物珍しそうに見物しているシャノンに、アインは視線を向ける。

「シャノン」

彼女は振り向く。

「じゃあな。いい魔導師になれよ」

「あい！」

魔導師のポーズをとり、シャノンは笑顔で返事をした。

§　§　§

メリルの邸宅。廊下。

閉めたドアに背を向け、アインは考える。

（ふう。うちにいたときより素直だ。念願の母親だからな。一週間の仮同居はあるがメリルさ

んの感触もよさそうだ。他を探す必要はないだろう）

もう役目は済んだ。帰るだけだ。

だが、なぜか、アインは胸のつかえがとれないような気がしていた。

奇妙な感覚を振り切り、そのまま帰ろうとすると、ドアの向こうから声が聞こえた。

「――どうしたの、シャノンちゃん？」

アインは立ち止まり、振り返る。

そして、静かにドアを開けて、僅かな隙間から中を覗《のぞ》く。

シャノンは食卓についている。

出された皿には、美味《おい》しそうなマフィンが並んでいた。

彼女は唇を引き結び、それをじっと睨《にら》んでいる。

「食べていいのよ？　今朝ね、シャノンちゃんが来るから、はりきって焼いておいたの」

「シャノン、たべないっ！」

これまで大人しくしていたシャノンが、ツンとした顔で横を向く。

（馬鹿者、オレの苦労を台無しに……）

ここで出て行くわけにもいかないアインがヤキモキしていると、

「ひえたほっとけーきはきらいっ。ざんぱんだよっ」

その言葉に、アインは僅かに目を見開く。

「……大丈夫よ。これはホットケーキじゃなくて……」

「やあっ、じごくいくぅっ」

メリルがマフィンの皿を差し出すと、シャノンが怯《おび》えたように体を捻《ひね》った。その拍子に手が皿に当たり、マフィンが床に落ちる。

シャノンは悲しげな顔をした。

メリルはそっと床にしゃがみ込む。

彼女は笑顔で言った。

「あらあら、落ちちゃった。ねえ、シャノンちゃん、一緒にお片付け手伝ってくれるかしら？」

「めんどくさいからだめっ」

シャノンがそう言い放つと、メリルは驚いたような表情になった。

「でも、シャノンちゃんが手伝ってくれるとすごく助かるのよ。わたしも嬉《うれ》しくなっちゃうわ」

すると、シャノンはうつむく。

見れば、泣き出しそうな顔だった。

それにはっと気がつき、メリルは彼女のそばへ行く。

「ごめんね。怒ってるわけじゃないのよ。どうしてだめなのか、わたしに教えてくれる？」

「……だって……」

ぐす、とシャノンはべそをかく。

「……ままは、とおくにいっちゃった。シャノンはいらないこなの。いつもじゃまだっていってた……」

実の母親のことを言っているのだろう。

悲しそうに彼女は訴える。

「でもね、いいこにしてたら、ぱぱがむかえにくるって、こじいんのせんせがいったよ。ほんとにきたよ！　はなびをみせてくれたの！」

シャノンは、アインが迎えに来てくれたことを思い出しながら言った。

「けんきゅうおわったら、ぱぱむかえにくる。だって、ぱぱね、おてがらだっていったよ。いらないこじゃなくなったの」

なにも知らない無垢《むく》な笑みを見せながら、彼女は父親を信じ切って言うのだ。

「シャノン、いいこでまってる。ぱぱとやくそくした」

なんのてらいもない言葉を耳にして、アインは過去を思い出していた。


——残飯を食べるような子は、うちの子じゃない。

――オレの子なら、面倒くさいことを楽にする方法を考えろ。

――挨拶はしっかりしろ。それと、いい子にするんだ。約束できるな？


(ずっと、オレの言いつけを守ってたのか。オレが迎えに来ることを疑いもせずに)

「パパの研究はいつ終わるの？」

メリルが優しく聞く。

「えっとね、なんびゃくねんかかるかわからないっていってた」

嬉《うれ》しそうにシャノンが言った。

「……それ、意味は知ってるの？」

メリルが不思議そうに聞く。

すると、シャノンは満面の笑みを浮かべた。

その言葉にアインは、息を呑《の》む。

「ぱぱは、まほうしにのらないいじん！　すぐおわる！」

気がつけば、いてもたってもいられなくなって、アインはその手をドアのノブに伸ばしていた。

バタン、とドアが開く。

二人が振り向けば、アインがそこにいた。

「ぱぱだ！　もうおわった！」

嬉《うれ》しそうにシャノンが駆け寄っていき、アインの足にしがみついた。彼は娘の頭をそっと撫《な》でると、メリルの前に出て、深く頭を下げた。

「今更ですが……オレの魔法の権利《ライセンス》を譲るので……」

「いいのよ」

アインが頭を上げると、優しくメリルは微笑《ほほえ》んだ。

「なんだかね、最初にお話しした日から、こうなるんじゃないかなって思ってたわ」

驚いたようにアインが目を丸くする。

「だって、あなた、ずっとあの子の心配ばかりしていたんだもの」

それを聞き、アインは改めて頭を下げたのだった。

§　§　§

メリルの邸宅前。

「また遊びに来てね」

手を振るメリルとギーチェ。シャノンは大きく手を振り返し、「いーくー」と声を上げている。

庭園を帰っていきながら、ふとアインは疑問を口にした。

「なあ。オマエ、ゲズワーズに閉じ込められたとき、怖くなかったか？」

シャノンはすぐに、ゲズワーズポーズをとった。

「ゲズワーズかっこいいから、なみだでたよ！」

ゲゲゲゲー、とシャノンは楽しげに言う。

ポン、とアインは娘の頭を撫《な》でる。

晴れやかな顔で彼は言った。

「さすがオレの子だ」

そうして、魔導師の親子は笑みを浮かべながら、長い帰路についたのだった。

§16. 受験

湖の古城。応接間。

「シャノンをアンデルデズン魔導学院幼等部へ入学させる」

唐突にアインがそう切り出した。

シャノンがホットケーキを食べる手を止め、彼に視線を向ける。

遊びに来ていたギーチェが紅茶を飲んだ。

「まどーがくいんってなあに？」

「魔導師になる勉強をするところだ。一流の魔導師は大抵、幼等部から通っている」

「ぱぱもいった⁉」

父親と同じ学院に通えるのが嬉《うれ》しいのか、シャノンは期待に瞳を輝かせる。

それを見て、アインは一瞬答えあぐねる。

「こいつは幼等部どころか、ぜんぶすっ飛ばして魔導学部からの編入組だ」

ギーチェは紅茶のカップをソーサーに置き、そう言った。

「じゃ、シャノンもいかない」

胸を張って言うシャノン。「は⁉」とアインが声を上げる。

「馬鹿言え、オマエ、学院に通いたくても通えない奴《やつ》がどれだけいると思ってるんだ」

理解できないといった調子で、アインはシャノンを諭している。

「ぱぱ！　まどうしでいちばん！」

ビシッとシャノンはアインを指さした。

「シャノンもいちばんめざすから、ぱぱとおんなじがいい」

満面の笑みでシャノンは言う。

アインは手を口元にやり、瞬間的に思考した。

「なるほど……」

「なるほどじゃない」

ギーチェはつっこまずにはいられなかった。

「シャノンが行きたくないなら、無理強いはできん」

「いいから、ちゃんと貴様の考えを説明しろ。親バカが」

悪友に苦言を呈され、気を取り直したようにアインは口を開く。

「一流の魔導師は皆、幼等部から通ってる。裏を返せば魔法研究には、それだけ小さい頃から魔法を勉強するのが肝心ということだ」

「ぱぱにおしえてもらって、べんきょーする」

「もちろん、オレも教える。だが、オレは殆《ほとん》ど独学でやってきた。オマエぐらいの歳《とし》の子どもに、なにから教えるのが適切なのかわからん」

「でも、ぱぱとおんなじにしたら、ぱぱみたいになれるでしょ？」

元気いっぱいにシャノンが言い、アインは返答に詰まった。

「……それはわからん。歯車大系の開発は成功したが、オレの歩んできた道が誰にとっても正しい証明にはならない」

「せいこーしたから、ただしいよ？」

シャノンが両手で丸を作った。

「子どもの頃から独学で、魔導学部に編入して、一人で基幹魔法の研究を行う。オレと同じやり方で成功しなかった魔導師はごまんといる」

シャノンは驚いたようにアインを見返した。

「新魔法はどんどん複雑化し、今じゃ各専門大系の魔導師によるチーム研究が主流だ。それに」

まっすぐシャノンを見つめ、彼は説明する。

「魔導学院で出会う学友は一生の宝になる」

丁寧に説明するアインを、微笑《ほほえ》ましくギーチェが見守っている。

居心地の悪さを覚えたか、アインは悪友を睨《にら》む。

「なにか言いたいことがあるのか？」

「特にない」

なに食わぬ顔でギーチェはかわした。

「がくゆー？」

「一緒に魔法の勉強をする友達だ。楽しそうだろ？」

シャノンはぱっと顔を輝かせた。

「シャノン、ようとうぶいって、がくゆーたくさんつくりたいっ!!」

「よし。決まりだな」

アインが一枚の羊皮紙をギーチェに差し出す。

「なんだ、これは？」

「魔導学院幼等部の願書だ。試験は二回。学力試験の前に、両親そろっての親子面接がある」

アインがそう口にすると、ギーチェがぴくりと反応した。

「両親そろって？」

「片親は受験資格がないんだと」

はあ、とギーチェはため息をついた。

「今度は嫁探しか？」

「さすがにそこまで迷惑はかけん」

ギーチェが意外といった表情を浮かべると、アインは願書のある箇所を指さす。

親1の欄にはアイン・シュベルト。

そして、親2の欄にはギーチェ・バルモンドと記載があった。

「募集要項に両親の性別は指定されていないんでな」

「叩《たた》き斬るぞ」

ギーチェが青筋を立てながら、刀を突きつける。アインは魔法障壁を展開して、軽くそれを防いでいた。

「落ち着け。最低限の意思確認はするつもりだった」

なだめるようにアインが言う。

「最悪、オマエが主人ということでいいぞ」

「最低限すぎるだろ」

ピクピクとこめかみを痙攣《けいれん》させながら、ギーチェが殺気だった目でアインを睨《にら》む。ものすごい気迫だ。

「ギーチェ、おこのひと？」

「ああ。入学には親が二人必要なんだが、コイツが協力してくれないと他にアテがない」

シャノンががびーんといった表情を浮かべる。

「シャノン、がくゅーなし……！」

うぐぐ、とギーチェが歯を食いしばる。

「貴様の嫁を探してくればいいんだろっ！　三日だ。三日で面接試験を乗り切れる立派な嫁を押しつけてやる。そのまま結婚させて真人間にしてやるぞ！」

ギーチェがくるりと踵《きびす》を返《かえ》し、勢いよく出口へ向かう。バタンッとドアが閉められた。

「願書の締め切りは今日までだぞ」

「なにっ⁉」

まさに驚愕《きょうがく》といった顔で、ギーチェはバタンとドアを開けた。

「すまん、シャノン。ギーチェはどうしても嫌らしい。オレが悪いんだ。アイツを責めないでやってくれ」

これみよがしな台詞《せりふ》であった。

「ギーチェ、だいじょうぶ。シャノン、つおい！　がくゅーなしでも、ひとりであそべる！」

ギーチェを気遣うようにシャノンは笑顔で強さをアピールする。

「それでいかな？　ギーチェ、おこなおた？」

ぎりぎりとギーチェは奥歯を嚙《か》み、恨みがましい目でアインを見た。

一方のアインは涼しい顔をしている。

「……わかった。私の負けだ」

ギーチェが言う。

意味がわからなかったか、不思議そうにシャノンは首をかしげる。

「まけだ？」

「よかったな、シャノン。ギーチェが二人目の父親になってくれるぞ」

アインが言うと、シャノンはばっとギーチェを振り向いた。すぐにアインの方を振り返る。

ビシッとシャノンはアインを指さす。

「ぱぱっ！」

そして再びギーチェを見て、ビシッと彼を指さした。

「だでぃ！」

かくしてシャノンに二人目の父親が誕生した。

それからしばらく、アインとシャノン、そしてギーチェは面接試験の練習を行った。

とはいえ、親子面接は親の試験とも言われており、子どもの現在の能力や意欲ではなく、親がどのような教育方針か、またしっかりとした家庭かどうかを見られることになる。

それがゆくゆくは子どもの伸びしろにつながるという考えなのだ。

そのため、シャノンと一緒に行ったのは、面接時の簡単な礼儀作法と、彼ら三人が家族として振る舞えるかどうかの練習である。親子がよそよそしければ、それだけで減点対象となる。

シャノンは人懐《ひとなつ》っこい性格ということもあり、練習時にはさほど苦労することはなかった。

そして、いよいよ面接試験当日。

アンデルデズン魔導学院の校舎内に三人の姿があった。

「シャノン・シュベルト様とご両親様。どうぞお二階に上がっていただき、学長室にお入りください」

アイン、シャノン、ギーチェは立ち上がり、階段を上っていく。

三人を呼びに来た教師が、アインとギーチェを二度見していた。

「しけん、シャノンがんばる！」

アインの手を握りながら、シャノンが元気いっぱいに飛び跳ねる。

「元気なのは好印象だが、あんまり変なことは言うな」

「あい！」

シャノンははきはきと返事をした。

「アイン。わかっているな？」

低い声でギーチェが確認する。

「無学位を突かれるんだろ。問題ない」

「本当か？　貴様の試験じゃないんだぞ。娘のことを考えろ」

学長室のドアの前でアインは立ち止まり、ノックをした。

「入りなさいな」

と、返事があった。

高く、どこか幼い声だ。

「失礼します」

ドアを開ける。

学長室の椅子に座っていたのは、縦ロール金髪を二つに結んだ少女である。

（子ども……？）

アインが疑問を覚える。

背丈や幼い顔つきから、どう見てもシャノンと同じぐらいの歳《とし》だった。

シャノンが勢いよく手を上げた。

「シャノン、5さいっ！　あーただれ？」

金髪の少女は冷たい視線でシャノンを見下ろし、優雅な所作で指をさす。

「不合格ですわ！」

入室から僅か十秒の出来事であった。

§17. 面接

アンデルデズン魔導学院・幼等部校舎。学長室。

金髪の縦ロールを優雅にかき上げ、彼女はシャノンに不合格を告げた。
五、六歳ほどの少女が面接官を務める事態に、アイン、ギーチェは困惑した様子で、シャノンは口をあんぐりと開き、衝撃を受けていた。
（ふごうかく……ようとうぶいけない……がくゆーなし……⁉）

なにを考えたか、シャノンがばっと手を交差する。

「いまのなし！」

「はあ⁉」

シャノンの発言が意味不明だったのか、今度は金髪の少女から困惑の声が上がった。

「シャノン、もっかいやる」

「あのね、そんなことできるわけないでしょ。わたくしを誰だと思っているの？」

シャノンが金髪の少女を指さす。

「ちっちゃいこ」

「ち……」

かーっと金髪の少女は赤面した。

「ちっちゃくないわよっ！　ちょっと、あなた、そこに立ちなさい！　ほら！」

彼女はシャノンと肩を並べ、背比べをした。

僅かに少女の方が高かった。

「ご覧なさい。わたくしの方が高――」

シャノンがこそっと背伸びをして、少女の身長を抜く。

「なにズルをしてますのっ⁉」

「シャノン、こういうあし」

堂々とシャノンは言った。

「そんな足があるわけないでしょうが！　騙《だま》されませんわよ！」

「ある」

「じゃ、そのまま歩いてみなさいな！」

「あるく！」

シャノンはつま先立ちのまま颯爽《さっそう》と歩いていき、流れるようにこてんと転んだ。

だが、なぜか彼女はピースをした。

「よゆう」

「お転びになってますわよねっ！」

金髪の少女が声を荒らげる。

コミカルな子どもたちのやりとりを、大人二人は呆然《ぼうぜん》と見ていた。

「あなたがどこの田舎者でも、六智聖《ろくちせい》の一人、【鉱聖《こうせい》】アウグスト・レールヘイヴの名はご存じでしょう？」

「ろくちせい？」

シャノンが疑問の表情でアインを振り向く。

「十二賢聖偉人に次ぐ、事実上の最高学位だ」

アインが説明すると、金髪の少女は優雅に微笑《ほほえ》んだ。

「そ。わたくしは【鉱聖《こうせい》】アウグストの娘、【石姫《いしひめ》】アナスタシア・レールヘイヴ。魔導学界

の至宝たるわたくしが白といえば、黒猫も三毛猫ぐらいにはなりますわ」

「微妙な影響力だな」

アインが呟《つぶや》く。

「お黙りなさい、凡人。とにかく、不合格といったら、不合格ですの！」

「というか、オマエ、部外者じゃ――」

バタンッとドアが勢いよく開け放たれた。

入ってきたのは、法衣を纏《まと》った三〇代ぐらいの男だ。アナスタシアと同じく金髪で、黒縁眼鏡をかけている。

「お父様っ！」

アナスタシアが嬉《うれ》しそうに声を上げた。

（お父様……ということは、この男が六智聖の一人、【鉱聖《こうせい》】アウグスト）

アインは入ってきた男を観察する。

「聞いてくださいな、お父様。この凡人たちときたら」

「このじゃじゃ馬娘っ！　目を離した隙に今度はなにをしたっ⁉」

第一声で叱り飛ばされ、アナスタシアはきょとんとした。

「……わ、わたくしは、お父様のため面接官のお手伝いを……」

ギランとアウグストは黒縁眼鏡を光らせる。

「お前も受験者だろう！　なぜ面接官をやるんだ⁉」

「えええーっ⁉　わたくしも試験を受けますのーっ⁉　【鉱聖《こうせい》】アウグストの一人娘ですのにーっ⁉」

心の底から驚いたといったように、アナスタシアは大口を開けた。

「当たり前だ。誰の娘でも試験は平等でないといけない」

「お父様が面接するのですから、どうせ合格でしょう？」

「特例で、お前は一人で面接することになった。無礼な発言があれば、私が落とす」

「えええーっ⁉　全然平等じゃありませんわーっ‼」

叫びながら、アナスタシアは涙目で走り去っていった。

アウグストは少し困ったような様子で、軽くため息をついた。

「すまない。お恥ずかしながら、どうも聞き分けのない子で……迷惑をかけてしまったね」

彼はアインとギーチェに、そう謝罪の言葉を述べる。

「……いえ。わかります」

アインが言うと、

「シャノンもめんせつかんやる！　シャノン、ごうかく！　しゅせき！」

などとシャノンがいきなり面接官ごっこを始めた。

隣で聞いていたギーチェは引きつった愛想笑《あいそわら》いを浮かべる。

「お互い頑張ろうじゃないか」

苦笑しながら、アウグストが言う。

アインも、苦笑いを浮かべるしかなかった。

§　§　§

すぐにアウグスト以外の面接官もやってきた。

アイン、シャノン、ギーチェの並びで、三人は椅子に腰掛けている。

「ようこそ、シュベルトさん。私は幼等部学長、ジェロニモだ」

法衣を纏《まと》った初老の男が言った。

「幼等部副学長のリズエッタです」

ショートカットの女性が言った。

こちらも同じく法衣を纏《まと》っている。

「アウグストだ。魔導学院の顧問魔導師を務めている。こちらは魔法省執行機関【鉄《くろがね》】のディアス」

アウグストは後ろに直立している青年を指した。

腰に剣を下げている。

筋骨隆々とした体軀《たいく》、佇《たたず》まいから察するに戦士だろう。

「六智聖には護衛がつくことになっていてね。本日の面接に関わりはないが、失礼させてもらうよ」

「雑事があれば、なんなりとお申し付けください」

事務的な口調でディアスが言い、軽く頭を下げた。

「ところで」

学長のジェロニモは、アインとギーチェに視線を向けた。

（父親二人、珍しいが当校は魔法の下に平等。どんなご家庭も受け入れることを、まずは示さねば）

にっこりと微笑《ほほえ》み、ジェロニモはこう切り出した。

「お二人は結婚式を挙げられたのですかな？」

一瞬、アインとギーチェの脳裏に、結婚式の光景がよぎった。

（結婚式……？）

（どういう意図だ？）

二人の反応を見て、ジェロニモは狼狽《ろうばい》した。

（気を悪くしている⁉　いきなりデリケートな問題に切り込みすぎたか⁉）

「つ、つまりですな。たとえばご友人同士で、共同保護者というケースもあり……」

アインとギーチェがはっとする。

（共同保護者……⁉）

アインはその手があったかといった表情をしており、

（おい……私が伴侶のフリなどしなくてもいいんじゃないのか？）

と、ギーチェが彼を睨《にら》む。

二人の反応を見て、今度はジェロニモがはっとした。

（この反応？　しまった！　これでは暗に男同士は認めないと言っているように聞こえてしまう……⁉）

「ぐ、愚問でしたな。いやあ、羨ましい。こんなに美男の妻がいらっしゃるなんて……」

「いいえ。私は妻ではなく、共同――」

ギーチェがさらりと共同親権の方に話を持っていこうとすると、ジェロニモが立ち上がりものすごい勢いで頭を下げた。

「た、大変な失礼を！　妻じゃない。そう、妻じゃないですな！　何分古い人間なもので！」

ジェロニモは男性を妻呼ばわりしてしまったことに勝手にテンパっていた。

「そ、それにしても、こんなに素敵なご主人が……！」

「いいえ、どちらも主人というわけではなく――」

「ですよねぇっ！　どっちが主人とかありませんよねぇ！」

ジェロニモは完全に動転し、だらだらと滝のような汗を流した。

（まずい、まずいですぞ。このままでは、当校が差別主義だと思われてしまう！　多様性をアピールしなければ……）

「パートナー」

アウグストが言う。

「お二人は素敵なパートナー、と学長は言いたいようだ」

ジェロニモが歓喜の表情で、力一杯拳を握った。

（イエス！　イエス、アウグスト！　これが六智聖の叡智《えいち》！）

「まあ、面接といっても形式的なことなので、他に話すべきことがありましたかな？」

ジェロニモがリズエッタを見て、目で訴える。

（もう合格にしちゃお？　これ以上はわし、ボロでるよ。古い人間だから）

（だめです。ちゃんとしてください）

リズエッタが笑顔で応じ、目で返事をした。

それから、当たり前のように言う。

「お子さんの普段の生活などをお聞きしましょう」

ジェロニモは諦めの境地に達したような顔をし、シャノンに話しかけた。

「シャノンさん」

「あい！」

シャノンは元気よく返事をする。

「シャノンさんはお家《うち》では、誰に魔法を習っていますかな？」

「ぱぱ！」

シャノンはアインを指さす。

「パパは無学位のようですが」

願書を見ながら、今度はリズエッタが言う。

厳しい口調だった。

「魔法に詳しいのですか？」

「ぱぱはすごいまどうし！　おうとでいちばん！」

リズエッタは鋭い視線をアインに送った。

「では、アインさんの教育方針をお聞きしましょう。学院に入学した後も、ご自身でお子さんに魔法の手ほどきをされるおつもりはありますか？」

（魔導学院に通う以上、無学位に誤った知識を教えてもらっては困るということだ）

質問の意図をギーチェは瞬時に理解し、心配そうにアインに視線を送る。

「もちろん、基本的には魔導学院にお任せします」

「シャノンさん。学院に入学した後、魔法のことは誰に聞きますか？」

リズエッタがシャノンに尋ねる。

「せんせいにきく。ぱぱにいわれた！」

面接試験の想定質問は何度もやった。そう答えるように、シャノンには言い含めてあるのだ。

「でも、ほんとは、ぱぱにきく！　これはないしょ！」

堂々とシャノンは言った後「あ！」と思い出したような声を上げた。

「いまのなし！」

と、彼女は両手を交差させた。

（なしになるか……！）

アインは正直すぎる我が子を横目で睨《にら》む。

気まずい沈黙がその場に立ちこめ、

「では、面接を終わります。なにか質問はありますかな？」

ジェロニモが言う。

（これは、どう考えても落とされただろう……）

ギーチェがそう思考する。

「では一つ」

アインが言った。

「封剣《ふうけん》を抜いた一級戦士に丸腰の魔術士が敵《かな》わない距離は三メートル以内である。◯か×

か?」

一瞬の間の後、リズエッタが言った。

「対術距離の問題ですね。答えは〇です」

「外れだ」

言いながら、アインが立ち上がる。

「【鉄《くろがね》】のディアスだったな。少し付き合え。魔導学院よりも、無学位が正しいときもあることを今から証明する」

§18. 対術距離

魔術士が戦士と戦うとき、間合いが近づくほど勝率が下がる。

戦士の対魔法装備である封剣は、魔力を断つ。

接近するほど魔法陣や魔法線を斬りやすくなり、魔法を無力化できる。

三メートル以内。

剣を抜いた一級戦士が、魔術士の力量を問わず完封できる。

この必勝の間合いを、対術距離という。

「対術距離が間違っていることを証明するですって？」

ため息交じりにリズエッタが言う。

呆《あき》れた様子が言外に伝わってきた。

「そうだ」

まるで空気を読まず、アインは断言した。

「待て。面倒なことは」

ギーチェが最後まで言い切る前に、アインが手で制する。

「大丈夫だ。証明に時間はかからない」

（そういう意味じゃない……！）

ギーチェは渋い表情を浮かべるしかない。

「そんな必要はありません。ですよね、学長」

リズエッタが言うと、呆然《ぼうぜん》としていたジェロニモが慌ててうなずいた。

「う、うむ。まあ、これは面接試験であるからして、それ以上のことは……」

アインはそしらぬ顔で魔法陣を描く。

それは歯車大系のものだ。

（あれは……？）

それまで事態を静観していた六智聖、アウグストがはっとしたようにアインの手元に視線を向けていた。

アインはすぐに魔法陣を消す。

すると、

「面白そうだね。やってみてもらおうか」

「え……？」

アウグストが言うと、驚いたようにリズエッタが振り向いた。

「何事もチャレンジをしてみるというのが、当校の校風でね。ですよね、学長」

「え、あ……う、うむ。その通り。では、やってみてくれますかな？」

一瞬戸惑いを見せたものの、アウグストの言葉に流されるようにジェロニモは同意を示す。

「ディアス」

「承知しました」

アウグストが呼ぶと、ディアスは学長室の中央へ歩み出る。

アインも歩を進ませ、彼と対峙《たいじ》した。

「はじめに断っておきますが」

ディアスの手元がブレる。

次の瞬間にはアインの首筋に剣先が突きつけられていた。まさに目にも止まらぬ早業である。

常人には抜き手すら見えなかっただろう。

「我々【鉄《くろがね》】は一級戦士より上です。対術距離でしたら、魔術士が三人いようと一人で制圧できます」

「……少し待て」

ディアスの言葉を聞き、アインが待ったをかける。

リズエッタが呆《あき》れてため息をついた。

「やめておきましょうか？　対術距離は各国の魔術兵団や騎士団で実践されている理論です」

彼女がそう助け舟を出す。

だがアインはまるで聞いておらず、魔法陣から取り出した羊皮紙になにやら書き込み始めた。

自ら組み立てた対術距離の理論に、魔術士三人を一人で制圧する戦士という条件を追加し、再構築しているようだった。

リズエッタやディアスはその様子を呆気《あっけ》にとられながら見ている。

ただ一人、アウグストだけが興味深そうに笑っていた。

「大丈夫だ」

答えが出たか、アインはさらりと言い放つ。

「手加減はいらん。証明には影響しない」

挑発するような台詞《せりふ》だったが、アインはただ心の底からそう思っているだけである。

それがディアスの心に火をつけたか、彼の目が据わった。

「合図は？」

短くディアスが問う。

「では、正式な手法に則《のっと》り、コインで」

アウグストがコインを取り出す。

ディアスが静かに封剣を構えた。

アインは直立したままだ。

アウグストはコインを指で弾《はじ》く。ゆっくりと回転しながら、それは天井近くにまで達した。

(対術距離の正しさに疑いの余地はありません)

宙に舞うコインを見つめながら、リズエッタはそう思考する。

魔術士が戦士に対して有利がとれるのは、剣で捌《さば》ききれない多角的な攻撃か、大出力の攻撃、肉体強化などができるからだ。

だが、どれだけ多角的でも、魔法を放つ魔法陣は必ず術者と魔法線でつながっている。

魔術士に接近した戦士ならば、それを封剣で切断し、魔法の発動を阻止できる。

大出力の魔法攻撃や肉体強化にはそれだけ時間を要する。

三メートルの距離では熟練した魔術士でも、剣の速度には敵《かな》わない。

必然的に魔術士は最速の第一位階魔法で戦うことになる。

だが、一級戦士の剣速はその二倍。理論上、魔術士が一回魔法を放っている間に、二回剣を振れる。

魔法を放つ前に魔法陣を斬り裂き、なおかつ魔術士を斬ることができるのだ。

なにより、実際に一級戦士試験では、この対術距離で一級魔術士の一〇〇人抜きを行うことが合格の条件とされる。

ましてや【鉄《くろがね》】の戦士はそれ以上だ。

（アイン・シュベルトに勝ち目はない）

リズエッタがそう確信してやまない中、コインが床に落ちた。

目にも止まらぬ速度で前へ踏み込んだディアスは、アインの動きを視界に収める。

彼は魔法陣を展開しようとしていた。

（第八位階以上の魔法陣？　そんな遅い魔法を）

ディアスの封剣が未完成の魔法陣に向かって振り下ろされる。

だが、その剣は途中で曲がり、狙いを外した。

（なにっ……!?）

即座にディアスは二太刀目を振るう。

（なにが起こった……!?）

閃光《せんこう》の如《ごと》く封剣が一閃《いっせん》される。

だが、それより早く、アインが放った魔法の弾丸が剣を持つディアスの右手を撃った。

貫通こそしないものの、その勢いに押され、剣の軌道が変わる。またしても、その一撃は魔法陣を空ぶった。

（なぜだ？　魔法が剣よりも――）

ディアスが三太刀目を振るおうとする。

直後、彼は胸に魔法の弾丸を受け、のけぞってしまう。

（速い……!?）

足を踏ん張り、奥歯を噛《か》む。

（だが、軽い。力ずくで押し切れば――）

体ごと突進しようとしたディアスは、大きく目を見開く。

目の前には巨大な歯車の魔法陣が完成していた。

「【第十一位階歯車魔導連結《エクス・デイド・ヴォルテクス》】」

口にしただけで、魔法は発動していない。

その代わりに、アインはディアスの胸を指先で突いた。

「証明は以上だ」

すると、ディアスは息を吐き、剣を下ろす。

決着がついたのだ。

「そんな……⁉」

驚愕《きょうがく》の表情でリズエッタが思わず声を上げる。

ジェロニモ、そしてアウグストもアインの勝利に驚きを隠せないでいた。

「あり得ません。コインが落ちる前から魔法を使っていたのではないですか？　それか、魔導具を隠し持っていたとか」

詰問《きつもん》口調でリズエッタが言う。

目の前で起きたことが信じられないといった様子だ。

「なにも不正はなかったよ」

眼鏡の奥から、アウグストは魔眼を光らせる。

透き通る宝石のような輝きが、強い魔力を表していた。

六智聖にそう言われては、リズエッタもそれ以上疑いをかけることはできないだろう。

「お尋ねしてもいいでしょうか？」

ディアスが問う。

「どのようにして私の剣を防がれたのですか？」

「最速の魔法より、最速の剣が速い。これが対術距離を成立させる前提だ」

アインは説明する。

「第一位階魔法の発動速度には限界があり、これより速い魔法は理論上存在しない。一週間前までではな」

するとディアスははっとする。

一週間前、これまでの魔法のルールを変える大事件が起きた。

歴史上、これまでに十二回起きたことだ。

だが、歴史書で学んだことはあっても、この時代の人々が体験するのは初めてのことである。

「……歯車大系……⁉」

「正解だ。噛《か》み合《あ》わせた歯車は形により回転速度と力を交換できる。歯車大系の魔法陣はその特性から、発動速度と魔法出力の変換ができる」

魔法出力を減らして発動速度を速くしたり、発動速度を遅くして魔法出力を増やすことができるのだ。

「それにより、実現したのが第零位階魔法【零砲《ロア》】。威力は正直まるでないが」

ゆるりとアインは指先をディアスに向ける。

彼が身構えた瞬間、その髪が【零砲《ロア》】の弾丸に撃ち抜かれた。

(速い……⁉　魔法が来るのがわかっていたのに、反応すらできなかった)

ディアスは内心で舌を巻く。【鉄《くろがね》】の彼が魔法に反応すらできないのは、初めての経験であった。

「第零位階魔法……そんな新魔法を無学位がどこで……？」

「驚くことではないね」

困惑するリズエッタに、アウグストが言った。

「これまでの歴史が示すように、基幹魔法が開発されれば、同時にその特性に付随した基礎魔法は簡単に開発できる」

納得がいったというようにアウグストは微笑《ほほえ》む。

「基幹魔法の開発者ならね」

「え……!?」

「それでは、アインさんが……」

リズエッタとジェロニモがアインを振り向いた。

「歯車大系の開発者は学界で公表されていない。つまり、無学位だ。こんな偶然もないだろう」

アウグストが立ち上がり、歩いてくる。

そうして、アインに握手を求めた。

「お会いできて光栄だよ。どうして学位をとらなかったんだい？」

「総魔大臣が気に入らなくてな」

「なるほど。まあ、彼はね。ありそうな話だ」

アインはアウグストと握手をかわす。

「面接は以上だよ。ですよね、学長」

「う、うむ。そうですな。どうも、ご苦労様でした」

「では、失礼します」

アインがそう口にすると、ギーチェも立ち上がり頭を下げる。

「しつれーしまする！」

シャノンが元気よく言って、ぺこりと頭を下げた。

「アイン・シュベルト殿」

アインが立ち止まり、振り返る。

ジェロニモは言った。

「大事なお嬢様の学《まな》び舎《や》に、当校を選んでいただき、感謝を申し上げます」

そう口にして、彼は頭を下げたのだった。

§19．魔石とミスリル

一週間後。湖の古城。

ぎ、ぎぃ、と城の扉が僅かに開き、その隙間からシャノンが外へ出てきた。

彼女はとことこと歩いていき、ポストを開ける。そこから、手紙を一通取り出すと、また城の中へ戻っていった。

湖の水面でパシャッと水が跳ねた。

頭を出した得体の知れぬ人影が、古城に視線を注いでいた。

「ぱぱ、てがみきた！」

書斎に飛び込み、シャノンは手紙を大きく掲げた。

アインは羽根ペンを置き、彼女を振り向く。

「どこからだ？」

「あんたがたどこさ　まっする　がくいん！」

自信満々、元気いっぱいにシャノンが言う。

「どこからだよ……」

アインはシャノンから手紙を受け取り、目を通した。

「アンデルデズン魔導学院だ」

「がくいんあってた！」

嬉《うれ》しそうにシャノンが言う。

「読み書きの練習の成果だな」

「シャノン、がんばってる。かんたんなのはよめる」

そうシャノンは意気込みを見せる。

アインは封筒を開けると、中から羊皮紙を取り出し、目を通す。

「シャノンのしけんのおてがみ？」

恐る恐るといったようにシャノンが聞く。

「合格だ」

アインがそう言うと、シャノンはぱっと表情を輝かせた。

「いっぱつごうかく！　ろうにんなし！」

「幼等部に浪人はないぞ」

得意げなシャノンに、アインがつっこむ。どこで浪人などという言葉を覚えてきたのか、彼は疑問だった。

「まあ、よく頑張った」

「シャノン、いいこでめんせつした」

（多少危うい受け答えもあったが……）

と、アインの脳裏に面接時のシャノンの様子がよぎった。

「ぱぱもえらい！」

シャノンが両手を上げて、ひらひらと動かしている。

どうやら、アインを褒めたたえているようだ。

「そうか？」

「しょーめいした。みんな、びっくり」

「面接官が歯車大系に好印象だからよかったけどな」

「わるいときあるかな？」

シャノンが不思議そうに首をかしげる。

「無学位だからな。気に食わないという魔導師も多いだろう。しきたりと伝統ってのは面倒なもんだ」

だからこそ、当初は歯車大系の開発者であることをアピールするつもりはなかったのだ。

面接官がしきたりや伝統を重んじる伝統派の魔導師だった場合、それだけで落とされることも考えられた。

とはいえ、あの状況ではどう考えても不合格だったため、アインは賭けに出るしかなかったのだ。

ジェロニモやアウグストが歯車大系に好意的だったのが幸いした。

「ぱぱ、なにしてたの？」

シャノンが机の上に広がっている羊皮紙を見る。

「ああ、魔石とミスリルの必要量を……」

言いかけて、アインはふと気がついた。

「ちょうどいい。二次試験の勉強を教えてやる」

「やった！」

両手を上げて、シャノンは喜んだ。

「魔法研究には魔石とミスリルがよく使われる」

アインが机の引き出しを開ける。

そこから鉱石と原石を手に取り、机の上に置いた。

「こっちがシルバーミスリル」

銀色の金属の鉱石をアインが指さす。

「こっちが魔石、レッドラピスだ」

赤い宝石の原石をアインが指さす。

「この二つは、この城にいくつもある。探してみろ」

「シャノンみたことある！」

すると、シャノンは部屋を飛び出した。アインはそれを追いかける。

二人がやってきたのは厨房《ちゅうぼう》である。

彼女はかまどに近づいていき、しゃがみ込んだ。

「レッドラピス！　シルバーミスリル！」

シャノンはかまどについている赤い魔石と銀の金属を指さす。

「正解だ」

「ほかにもしってる！」

また楽しそうにシャノンが走っていく。

今度はアインの魔導工房へやってくる。その扉についている赤い魔石と銀の金属を彼女は指さす。

「レッドラピス！　シルバーミスリル！」

「正解だ」

「もういっこあるよ！」

シャノンが城の外に出て、湖の畔《ほとり》まで走ってくる。

そこに置かれている石版には、やはり同様のものがあった。

「正解だ」

「しゅせきごうかく、まちがいなし！」

嬉《うれ》しそうに彼女は胸を張る。

「じゃ、今の三つの共通点……同じところはなんだ？」

すると、シャノンは頭にはてなを浮かべた。

「かまどとドアとせきばん、おんなじあるか？」

「ヒントは、この石版は湖に関係がある」

するとシャノンは閃《ひらめ》いたように、湖に頭から飛び込んだ。石版が輝き、シャノンは水面を滑っていく。

「シャノン、うく！」

「正解だ。じゃ、ドアとかまどは？」

シャノンは考える。

「かまど、ぱぱピッてやると、ほのおでる」

「そうだ」

「ドアはひとりでひらく！　えらいドア！」

「そうだな。つまり、それはなんだ？」

「まほう！」

魔法を使うジェスチャーをしながら、シャノンが言った。

「普通の魔法か？」

シャノンは考え、そして【加工器物《リレイス》】の歯車をポケットから取り出した。

「ぱぱからもらったはぐるまとおんなじ！　きこうまほうじん！」

「正解だ」

シャノンは嬉《うれ》しそうに笑みをたたえる。

「この歯車自体がミスリルで、ここについているのが魔石だ」

アインは【加工器物《リレイス》】の歯車を手にして、上部をシャノンに見せる。そこには赤い魔石、レッドラピスがあった。

「なぜこれで魔法が使える仕組みになっているかというと」

更にアインは魔力を込めて、歯車を両手で持つ。瓶のフタを開けるように回すと、カチと音がして歯車が二つに分かれた。

アインは歯車の断面をシャノンに見せる。

「魔石にはマナが蓄えられており、ミスリルは魔力伝導率が高い。だから、魔石から流れるマナは魔力に変換されてミスリルを流れる」

アインが魔石からマナを流すと、魔力が【加工器物《リレイス》】の歯車を伝って流れていく。

「ミスリルには魔法陣が刻まれている。魔力はそこを通るように加工されているから」

魔力の光が魔法陣を描き出した。

「魔力が魔法陣を形成し、魔法現象が起こる。これが器工魔法陣の仕組みだ」

ほえー、とシャノンは感心したように歯車の断面を見つめている。

「魔法には大きく三つの工程がある。マナ使用量の制御、魔力の制御、魔法陣の制御だ」

「シャノン、【ぶれあ】でゴーストやっつけたとき、せいぎょできた？」

「ああ。ただ【浄化《ブレア》】は特殊で、魔力制御だけでいい。魔力を放出するだけだからな」

魔力は魔力にしか干渉せず、魔法陣を使わずにただ放っただけではなんの現象も起こらない。

だが、低級ゴーストは魔力の残滓《ざんし》によって生じる魔力思念体だ。

そのため、魔力をぶつければ消滅する。それが【浄化《プレア》】の原理だ。

「殆《ほとん》どの魔法は三つの制御が必要だ。ただ魔法陣一つとっても、狙った形を描くには練習が必要だ」

アインが魔法陣を何度か描いてみせる。

「だが、新魔法を研究する場合、練習して新しい魔法陣を描けるようになったとしても、理論と設計が間違っていればまたやり直しだ」

「むだなどりょく！」

「じゃ、どうするか？」

がびーん、とシャノンが大口を開けた。

「まちがえない！」

「それが一番だが、魔法研究に失敗はつきものだ。だから、器工魔法陣を使う」

アインは机の上に置いたミスリルを手にする。

「器工魔法陣なら、魔法陣の形成は簡単だし、一部分だけを残して、他を別の形にすることもできる」

アインが魔法でミスリルを加工し、器工魔法陣を変化させてみせる。

「魔石やミスリルの種類や加工方法で、マナの供給量も魔力も制御できる」

「かんたんなった！」

シャノンが元気よく声を上げる。

「というわけで、さっきは次の新魔法開発に必要な魔石とミスリルの量を計算してたんだ」

「どれぐらいかな？」

「ざっと鉱山一つ分だな」

シャノンが目を見開く。

「おやまひとつ。おみせにはいるっ⁉」

店で山が売っているのを想像したか、シャノンが驚いたような顔をした。

「鉱山は店の外だ」

「なら、へいき」

「問題は個人では買えないことだな」

シャノンが首をかしげる。

「おかねない？」

「大規模な魔法研究をやるのは魔法省や聖軍のような組織だ。鉱山が売りに出されても、大抵はそっちに情報が行き、個人の魔導師には回ってこない」

どう少なく見積もっても、鉱山一つ分という結果は変わらない。

アインはどうしたものかと頭を悩ませていたのだ。

「鉱山が欲しいなら、いい話がある」

アインとシャノンが振り向くと、ドアの前にギーチェが立っていた。

「だでぃ！」

嬉《うれ》しそうにシャノンが駆け寄っていく。

「いい話って？」

アインが問う。

ギーチェが壊れたペンダントを取り出し、アインに見せた。

「魔導具だ。これを調べてほしい」

すると、途端にアインは嫌そうな表情を浮かべた。

「どうせ聖軍絡《がら》みのやばい案件だろ？」

「禁呪研究を行う違法魔導組織【白樹《はくじゅ》】。その関係者と思《おぼ》しき人物の持ち物だ」

やっぱりな、といったようにアインは表情を険しくする。

魔導具を受け取り、そこに魔眼を向けようとして、アインははっとした。瞬間、窓ガラスが割れ、火炎球が飛び込んできた。

アインがそれを魔法障壁で防ぐ。

窓を睨《にら》めば、そこから魔術士が飛び込んできた。

アインが身構えれば、天井が砕かれ、もう一人の魔術士が落ちてきた。

「ちっ」

前後からの挟み撃ちの格好だ。アインは壊れたペンダントを守るように体の後ろに隠しつつ、両方を警戒する。

だが、天井から落ちてきた魔術士はアインではなく、まっすぐシャノンに手を伸ばした。

(魔導具が狙いではない……⁉　シャノン……！)

一閃《いっせん》。

伸ばされたその腕が宙を舞う。

刀を抜いたギーチェが、切り落としたのだ。

§20．シャノンの謎

魔術士の腕が宙を舞う。

ギーチェはそれを横目で冷静に見つめる。切断された腕と、体に残った腕、その両方に魔法陣が展開され、木の枝に変形する。それがぐんと伸びた。

シャノンに迫ったのは、樹幹大系第二位階魔法【樹腕木手《レドゥム》】。樹《き》の腕が伸び、シャノンを捕縛しようと襲いかかる。

だが、ギーチェは動じず、刀を閃《ひらめ》かせる。

枝分かれし、無数に伸びた樹指《じゅし》の悉《ことごと》くを一瞬の内に斬り捨てると、幹だけになった腕が残された。

一方、アインに迫った魔術士は、彼の魔法により炎に包まれていた。

「力の差はわかっただろう」

アインが言う。

「……確かに、な！」

魔術士は炎を魔法で吹き飛ばすと、床を蹴った。

飛び込んだ先はアインではなく、ギーチェでもなく、またしてもシャノンだ。

しかし、そいつは背中からなにかに引っ張られたように空中で止まる。アインが黒い鎖の魔法を使い、そいつをつなぎとめていたのだ。

「【呪縛黒鎖《ジェイル》】」

ギーチェと戦っていた魔術士もまとめて、アインは二人にぐるぐると黒い鎖を巻きつけていく。

奴《やつ》らは抵抗を試みるも、あえなく拘束された。

「で」

アインが鎖に巻かれた二人に近づいていく。

「また魔法省の差し金か？」

と、そのとき、二人の体に禍々《まがまが》しい印が浮かぶ。

ギーチェは咄嗟《とっさ》にシャノンの目を手で覆った。

「ぐがっ……！」

魔術士二人は血を吐いて、その場に倒れた。

アインはしゃがみ込み、魔眼を光らせる。

「息はない。呪毒魔法の類いだろうな」

倒れた魔術士の胸元に光るものが見え、アインは手を伸ばした。

「………」

それはペンダントだ。

先ほど、ギーチェがアインに調べてもらうために持ってきたものと同じ造りだった。

§　§　§

ぎい、と魔導工房の扉が開く。

中からアインが出てきた。

シャノンの相手をしながら廊下で待っていたギーチェが振り向く。

「どうだ？」

「まずオマエが持ってきた魔導具だが、魔力探知から逃れるためのものだ。かなり広範囲の妨害魔力を出すことができる」

アインは壊れたペンダントを見せる。

「そこまでは聖軍でも調べられた」

「それと市販品じゃない」

「理由は？」

「主な材質はブラックミスリルとホワイトラピス。僅かに付着したこの粉は翠蝶《すいちょう》の鱗粉《りんぷん》だ。使い捨ての魔導具だろう。翠蝶が燃え尽きるまで効果を発揮し、一度使えば壊れる」

理路整然とアインが説明する。

「無事な部分の器工魔法陣から逆算すると、残りがどういう構造であっても魔力暴走が起きやすい。腕の良《い》い魔術士ならば問題ないが――」

「魔法協定に違反する」

ギーチェが口にすると、アインはこくりとうなずいた。

「そういうことだ」

「これで強制捜査の言い分も立つ」

「もう一つ。さっき襲ってきた連中のものだ」

アインがもう一個のペンダントを取り出す。

「オマエが持ってきた魔導具と同じ代物だ」

ギーチェは視線を険しくする。

「貴様の客だと思ったが？　シャノンを狙っていたはずだ」

自分の名前が出たからか、シャノンが不思議そうに振り向いた。

「オレもそう思ったが、違法魔導具だ。同じ組織の連中だと考えるのが妥当だろう」

【白樹《はくじゅ》】は禁呪研究の魔導組織だぞ。ただの子どもを狙う理由があるか？」

「ただの子どもではないのかもな」

「なに？」

「シャノンを引き取るように言ったのは、研究塔の前所長ジェラールだ。アイツはかなり変人でな」

そもそも、無学位のアインを魔法省に就職させ、第一魔導工房室の室長に抜擢《ばってき》したのがジェラールだ。

学位にこだわらず、アインの才能を見抜いたとも言える。

アインにとってはある意味恩人だが、同時に数々の無理難題を要求してきた人物でもある。

やれ伝説の魔石を探せだの、やれ浮遊大陸についての論文を書けだの無茶ぶりをしてくるのだ。その上、自分はよくよく隠れ家に引きこもり、普通の室長がやるべきではない業務を大量にふられた。

とはいえ、ジョージのように新魔法を盗めと言ってくるわけではない。他に魔導師としての働き口があるわけでもなく、アインは渋々ながらも付き合っていたのだ。

「シャノンを養子にすることは無茶ぶりの一つだと思っていたが」

「なにか理由があった?」

ギーチェの言葉に、アインがうなずく。

「連絡は?」

「つかん。どこにいるかもわからん。いつものことといえば、いつものことだが……」

シャノンの件で、なにかトラブルに巻き込まれたということも考えられる。

「シャノンのはなし?」

にょこっとシャノンがアインの後ろから顔を出す。

「オマエが狙われているかもしれん」

「おい……」

アインの率直な物言いに、ギーチェが慌てて声を発した。

「子どもにそんなことを……」

「話さなければ自衛もできん。ただでさえ、コイツは知らない大人についていきそうだからな」

「シャノン、いく！」

偉そうにシャノンが胸を張り、得意満面に笑う。「いくな……」とギーチェがぼやいていた。

「悪い大人がオマエを狙ってるかもしれん。オレかギーチェ以外にはついていくな」

「あい！」

わかっているのかいないのか、脳天気にシャノンが返事をした。

「で、鉱山のいい話があるんだったな？」

アインがそう話を振ると、ギーチェは一枚の写真を渡した。

「シャノンもみるっ！」

シャノンが背伸びをして首を伸ばすので、アインはしゃがんでそれを見せてやる。

ある鉱山が写された写真である。

「ペンダントを持っていた魔術士が出入りしていた鉱山だ」

ギーチェが言う。

「ここで【白樹《はくじゅ》】が禁呪研究を行っている可能性が濃厚というわけだ」

アインの言葉に、ギーチェはうなずく。

「鉱山に出入りしている人間は少なく、【白樹《はくじゅ》】である確証も乏しい。聖軍の正規部隊は動かせない」

「オレに協力しろってことだろ」

「協定違反があれば、鉱山は没収される。協力者には鉱山を優先的に売却をしてもいいという許可をもらった」

「いつまで人手不足なんだ？　オマエのところの総督は民間人を使うのが上手《うま》いな」

皮肉っぽくアインが褒める。

ギーチェの顔には、私に聞くなと書いてあった。

「まあ、やるか。鉱山は必要だ。シャノンを狙ってる理由も突き止めておきたい」

アインは立ち上がる。

「おでかけ？　シャノンもいくっ！」

「ああ」

「待て。安全なところに預けた方がいい」

ギーチェが言う。

「聖軍は無理なんだろ？」

「狙われている証拠がない」

「だったら、オレたちのそばが一番安全だ」

どこに預けたとしても、相手がもし【白樹《はくじゅ》】の魔導師なら、並の人間では相手にならない。

アインとギーチェが鉱山へ行っている間に、連れ去られる恐れもある。

「だが……」

ギーチェが食い下がろうとすると、「だいじょうぶ」とシャノンが両手を腰にやった。

「だでぃ、つおい！　ぱぱ、つおい！」

ビシッ、ビシッとシャノンは二人の父を交互に指さす。

「シャノン、むてき」

彼女は堂々と腕を組み、不敵に笑う。

ギーチェは諦めたように目を閉じた。

「……わかった。子どもがいるんだ。無茶な真似《まね》はするなよ」

「オレが無茶したことがあったか？」

得意げにアインが言う。

「いつもだ、馬鹿」

そうギーチェが一蹴した。

§21．ホルン鉱山

王都アンデルデズンの西方、ホルン鉱山。

アイン、ギーチェ、シャノンは木陰に隠れながら、鉱山の入り口に視線を向けていた。

「おやまにあなあいてるっ！」

鉱山を初めて見たシャノンが、驚いたように声を上げる。

彼女は青い目をまん丸にし、興味津々《きょうみしんしん》の様子だ。

「魔石やミスリルが採れるのは鉱山の中だからな」

アインが言う。

シャノンの頭には、山の中心にキラキラ光る魔石やミスリルが置かれている光景が浮かんだ。

そこに悪い奴《やつ》らがいるのだと彼女は思った。

「じゃ、あなのなかはいって、わるいやつやっつけて、こうざんせしめる？」

「そうだ」

と、アインが肯定すると、

「せしめるんじゃない。接収だ。聖軍は山賊じゃないぞ」

そうギーチェが苦言を呈す。

「で、中にいるのは何人ぐらいだ？」

「四、五人だ。確認できた範囲ではな」

「二つ名持ちは？」

「【逢魔《おうま》】がいるという情報を入手した」

「なにっ？」

珍しく驚いた顔でアインが振り向く。

「おうまってなあに？」

シャノンが不思議そうにギーチェに聞く。

「伝説の傭兵《ようへい》。魔術士は決して出会ってはならない鬼門と言われている。夕方以降にしか現れないことから、そう呼ばれた。顔や経歴など、その殆《ほとん》どが謎に包まれている」

「ぱぱより、つおい？　シャノンのてだすけいる？」

父親を心配したのか、シャノンがそう聞いてくる。

「どうなんだ？」

と、含みを持たせてギーチェがアインに顔を向ける。

「心配するな。オレより強いということはありえん」

父親の答えを聞き、シャノンは安心したように笑顔になった。

「しょうり！」

と、彼女は拳を突き上げている。

「【逢魔《おうま》】の情報を流してきたのは、聖軍を牽制《けんせい》する狙いか？」

「恐らくな。目をつけられたことに気がついたんだろう」

アインの推測に、ギーチェは同意を示す。

「大体わかった」

アインは立ち上がり、堂々と鉱山の入り口へ歩いていく。

ギーチェとシャノンは後ろに続いた。

「研究内容を押さえればいいんだろ？」

「ああ。できれば、魔導師の身柄も押さえたい」

三人は鉱山の中へ入っていった。

§　§　§

ホルン鉱山内、魔導工房。

「あら？」

幼い少女の声が響き渡る。

「魔力反応が三つ。お客様かしら？」

「招かれざる客だ。我らの研究に興味があるらしい」

黒装束を纏《まと》った男がそう言った。

鋭い目つきをしており、ただ者ならぬ雰囲気を発している。

腰には剣を下げていた。

「そう、物騒なことね。大丈夫ですの、【逢魔《おうま》】？」

「ただちに排除する。是非、お力添えをいただきたいのだが？」

「仕方ありませんわね。よろしくってよ」

金髪の縦ロールをふわりとなびかせ、その少女は優雅に言った。

「この【石姫】アナスタシアの研究を盗もうだなんて、躾《しつけ》のなってない犬もいたものだわ」

§　§　§

アインたちは警戒しながら、坑道を進んでいく。

明かりはあるが、薄暗い。人の気配がしなかった。

やがて、分かれ道に出た。

それを一瞥《いちべつ》するなり、アインは言う。

「シャノン、ここでギーチェと待っていろ」

「おい……」

「シャノンもいきたいっ！」

素早くシャノンが足にしがみついてくる。

アインは諭すように言った。

「いいか？　ここを押さえておかなかったら、悪い奴《やつ》らに逃げられるかもしれない」

左右の道の両方ともが裏でつながっていたとしたら、アインたちがどちらを選んでも反対側の道から逃げられてしまう。

敵の逃げ道を塞ぐためには二手に分かれるのが最善だ。

「重要な仕事だ」

「じゅうようなしごと……！」

シャノンは目をキラキラと輝かせ、意気込みをみせる。

「まかされた！」

「一人で行くのは危険だ。逃げられるかもしれないが、三人で動いた方がいい」

ギーチェが言う。

「逃がせば、またシャノンが狙われる」

「それはそうだが……おいっ」

ギーチェの制止にまるで耳を傾けることなく、アインは右の道へ走り去っていった。

はあ、と彼はため息をつく。

「だでぃ」

シャノンの声に、ギーチェは振り向く。

「キラキラのいわ！」

シャノンが大きく腕を広げる。

その後ろには、光を反射する岩壁があった。ギーチェはそこまで歩いていき、魔眼を光らせる。

「私の専門ではないが……魔石とミスリルの鉱床だろう」

「こうしょー？」

「魔石とミスリルがここに集まっているということだ」

「けんきゅーしほうだい！」

シャノンは楽しそうに、羽根ペンでなにやら書き込んでいるフリをする。アインの真似《まね》だろう。

ギーチェは改めて鉱床を見つめ、そして訝《いぶか》しげに首を捻《ひね》った。

（妙なことだ。鉱山を入手しておきながら、これほどの鉱床を採掘しないとはな）

魔石やミスリル以外になにか狙いがあるのか。ますます【白樹《はくじゅ》】の魔導工房である可能性が濃厚だ。そうギーチェは思った。

と、そのとき、なにかが崩れる音がした。

坑道が振動している。

否、目の前の鉱床が動いているのだ。

「シャノンッ！」

鉱床が腕の形に変化して、ぬっと突き出される。

ギーチェは咄嗟《とっさ》にシャノンを抱きかかえ、その場から飛び退《との》いた。

着地した彼は抜刀する。

岩壁を崩しながら、そこに現れたのは岩の人形――ゴーレムである。

『あら？　魔導師じゃないのかしら？』

ゴーレムから、アナスタシアの声が響く。

『今すぐ出て行くなら、見逃して差し上げますわ。剣で岩を切れないのは、学のない盗人《ぬすっと》でもおわかりになるでしょう？』

「拒否する」

刀を構えたまま、ギーチェは短く答えた。

『そ、愚鈍だこと――』

ゴーレムが勢いよくギーチェに襲いかかる。

『お体に教えて差し上げますわ』

両腕でつかみかかってきたゴーレムに対して、ギーチェは刀を上段から振り下ろした。

衝撃が岩壁に走る。

堅い岩のゴーレムがまるでバターでもスライスするかのように、真っ二つに斬り裂かれた。

『な……うそ………!!』

思わず漏れた声から、アナスタシアの動揺が伝わってくる。

油断なく刀を構えたまま、ギーチェは言った。

「私は聖軍総督直属、実験部隊黒竜隊長ギーチェ・バルモンド。当鉱山の所有者には禁呪研究の嫌疑がかけられている。ただちに武装を解除し、鉱山を明け渡せ」

§22. 虚真一刀流《こしんいっとうりゅう》

ホルン鉱山魔導工房。

魔法球には、ゴーレムを両断したギーチェの姿が映っていた。

『私は聖軍総督直属、実験部隊黒竜隊長ギーチェ・バルモンド。当鉱山の所有者には禁呪研究の嫌疑がかけられている。ただちに武装を解除し、鉱山を明け渡せ』

「ちょ、ちょっと、【逢魔《おうま》】！」

アナスタシアが【魔音通話《テスラ》】にて話しかけている。

「聖軍ってどういうことですのっ？　わたくしは怪しい研究に加担する気はないと申し上げたでしょうっ？」

『聖軍を騙《かた》っているだけだ。学界の至宝と謳《うた》われた【石姫】であれば、それぐらいはわかると思ったが？』

【逢魔《おうま》】からはそう返事が返ってくる。

「……あ、あ、当たり前ですわっ。でしたら、この方、本気でやってしまってもいいんですのね？」

『罪に問われることはない』

「そう。それじゃ――」

アナスタシアは巨大な魔法陣を描く。

§　§　§

『【魔磁石傀儡兵《ビルテイエット》】！』

ギーチェの目の前に、再びゴーレムが構築される。胴体から頭と両腕は切り離され、宙に浮かんでいる。

『観念することですのね、盗人《ぬすっと》さん。今度のゴーレムは、ひと味違いますわよっ‼』

【魔磁石傀儡兵《ビルティエット》】が右腕を突き出し、それを射出した。

唸《うな》りを上げて飛んできたそれを、ギーチェはかわす。

ドゴォォォッと右腕は岩壁にめり込んだ。

（シャノンを狙う素振りはないな。【白樹《はくじゅ》】にしては人が好《よ》い）

ギーチェは刀を振るう。

シャノンの周囲に円形の線が引かれた。

「この円の中にいれば安全だ」

「ここで、だでぃのおうえんする」

「任せたぞ」

ギーチェは地面を蹴り、一瞬にして【魔磁石傀儡兵《ビルティエット》】との間合いを詰める。

先ほど同様、勢いよく刀を振り下ろす。

だが、刃が【魔磁石傀儡兵《ビルティエット》】に届くことはなく、途中でピタリと止まった。

シャノンが驚き、ギーチェが視線を険しくする。

『残念。【魔磁石傀儡兵《ビルティエット》】に剣は通用しませんわ』

ゴーレムは左腕をなぎ払う。

身を低くしてそれをかわし、ギーチェは下から斬り上げる。

だが、またしても中空で刃は止まった。

まるでそこに見えない壁があるかのように。

『何度試しても同じですわよ』

【魔磁石傀儡兵《ピルティイエット》】は全身からハリネズミのように針を出す。

大きく飛び退《との》いてギーチェはかわす。

追撃とばかりに、今度はゴーレムの左腕が射出された。勢いよく押し迫るその拳を、ギーチェは横に跳ねて回避する。

瞬間、左腕がかくんと曲がり、ギーチェを追ってきた。

一閃《いっせん》。

彼は刀を振り払い、左腕を真っ二つに斬り裂いた。

「磁力を操るゴーレムか」

左腕が曲がったのは、最初に壁にめり込んだ右腕が磁力で引っ張ったからだ。

『そうですわ。普通の磁石でしたら鉄を引き寄せるだけですけど、魔磁石でできた【魔磁石傀儡兵《ピルティイエット》】は反射することも自由自在。戦士では絶対、この子には勝てませんわ』

右腕と左腕が磁力に引き寄せられ、【魔磁石傀儡兵《ピルティイエット》】の胴体に戻った。

両断した左腕も元通りにくっついている。

「だでぃっ、だいぴんちっ⁉　シャノン、ぱぱよんでくるっ」

シャノンが大慌てで走り出そうとすると、

「大丈夫だ」

シャノンを見ることもなく、ギーチェが言う。

上げた足をすっと下ろし、シャノンが、くるりと彼の方を向く。

彼は刀を下段に構え、【魔磁石傀儡兵《ビルティエット》】を睨《にら》んだ。

「シャノン。私の親は極東の小国出身なんだ」

「きょくとうのくに？」

「剣士の国だ。私は古くから続く、古式剣術の家系なんだ。その腕を買われて、聖軍総督直属の部隊に抜擢《ばってき》された」

敵を見据えたまま、ギーチェは言う。

「虚真一刀流《こしんいっとうりゅう》は、大陸の魔術士と戦うための剣だ。その技を特別にシャノンに見せてやろう」

「すごいわざ……⁉」

シャノンが目をキラキラさせながら、ギーチェに聞く。

「さほどでもないが、あれを倒すぐらいは問題ないだろう」

『黙って聞いてたら、好き勝手言いますのね』

アナスタシアの声が響く。

『やれるものならやってみたらいかが？　どんな技か知りませんけれども、剣が届かないのですから無駄に決まってますわ!!』

【魔磁石傀儡兵《ピルティエット》】の背中についた四本の角棒が浮かび上がり、天井へ発射された。

整然と構えを崩さないギーチェ。

四本の角棒は天井付近で四つに分かれ、ギーチェを取り囲むように、その四方にそれぞれ突き刺さった。

ぐぅん、と角棒が伸び、それは天井と大地をつなぐ柱と化す。

『これでおしまいですわねっ！』

ギーチェは右腕をかわし、左腕を斬り裂く。

【魔磁石傀儡兵《ピルティエット》】の両腕が射出される。

だが、すぐさま左腕は元通りにくっつく。そして、縦横無尽にギーチェの周囲を旋回していく。

『この磁力柱の内側なら、反発も吸引も自由自在。逃げ道はありませんわ！』

唸《うな》りを上げて飛ぶ両腕が地面を砕き、天井を粉砕し、幾度となくギーチェに襲いかかる。

だが、彼は冷静にそれらをかわし、飛んできたゴーレムの右腕に刀を突き刺して上に乗った。

『なっ……!?　このっ!!　挟んであげますわっ！』

ゴーレムの左腕を飛ばし、ギーチェを挟み撃ちにしようとするも、ぎりぎりでギーチェは右腕を蹴って下りた。

ゴーレムの左腕と右腕が衝突して、明後日《あさって》の方向へすっ飛んでいく。

『あっ……！』

アナスタシアがはっとした頃には、ギーチェはすでに【魔磁石傀儡兵《ビルティイエット》】の本体に迫っていた。

刃が煌《きら》めく。

恐るべき速さのなぎ払いは、しかし魔の磁力によって阻《はば》まれた。

『ほら、ご覧なさいな。【魔磁石傀儡兵《ビルティイエット》】は戦士じゃ絶対に……』

瞬間、ギーチェは磁力の反動を利用して、逆回転にくるりと回った。

「虚真一刀流、風羽《かざばね》」

一撃目よりも加速したギーチェの一刀が磁石の反発力を凌駕《りょうが》し、【魔磁石傀儡兵《ビルティイエット》】の胴体を両断した。

更に勢いは止まらず、ギーチェはその胴体を八つに斬り裂く。

すると、バラバラになった胴体から魔法球がこぼれ落ちた。

すかさず、ギーチェはそれを突き刺す。

ゴーレムが完全に沈黙し、サラサラと砂鉄になった。

『嘘《うそ》……』

遠視の魔法球越しに、アナスタシアがその光景を驚愕《きょうがく》の表情で見つめる。

『……一刀目で斬り込んだことで磁石の反発力が働いた。その勢いを生かし、自分の力を上乗せして磁力の結界を押し切る。理屈はわかりますけど、魔法でもないのにそんなこと……』

ギーチェは刀を静かに構え、術者に向かって言い放つ。

「次のゴーレムを出すといい。マナが尽きるまで叩《たた》き斬《き》ってやろう」

§23. 逢魔《おうま》

ホルン鉱山。坑道。

周囲を警戒しながら、アインは奥へと走っていた。

ふと彼はなにかに気がつき、足を止める。

魔眼を向けたその方向に、黒ずくめの男が立っていた。

距離は一〇メートルほど。

すでに男は剣を抜き、臨戦態勢だ。

「一つ聞くが」

アインは問う。

「オマエら、【白樹《はくじゅ》】だろ。なぜシャノンを狙う？」

「とぼけるのはよせ、歯車大系の祖よ」

男は言った。

「なにも知らずにあの娘を引き取るはずもない。貴様こそ、あれを奪ってどうするつもりだ？」

アインは表情を険しくした。

（奪った？　……シャノンを狙ったのは確定か）

アインは目の前に六つの魔法陣を描く。

「なんのことだか知らんが」

アインが手を振り切れば火の粉が散り、六発の【魔炎砲《ボルク》】が発射された。

「オレの娘に手を出すなら、ただではすまさん」

押し迫った炎弾を、黒ずくめの男は飛《と》び退《の》いてかわす。

フン、と彼は鼻を鳴らす。

「図に乗るなよ、工房にこもりっきりの魔導屋が。研究と実戦の違いを教えてやろうぞ」

「【魔炎砲《ボルク》】」

高速で迫ってくる男に対して、アインは的確に炎弾を放っていく。

対術距離ならいざ知らず、一〇メートルも離れていれば魔導師の間合いだ。近づくことは容易ではない。

アインはまるで試験の問題を解くように、正しい位置へ魔法砲撃を撃ち続ける。

男の得物が剣である以上、接近しなければ意味をなさない。

だが、隙のない魔法砲撃を前にして、逆に男は後退を余儀なくされた。

(手練《てだ》れだな……この距離で一方的に砲撃されて、捌《さば》ききる戦士はそうそういない)

押しているのはアインだが、彼は冷静に敵の力を分析していた。

(だが——)

炎弾を避けた男が、はっと地面を見た。

外れた【魔炎砲《ボルク》】が、炎の線を描き、男を取り囲む魔法陣を形成しているのだ。

「【地鉄牢獄《ジルゴウム》】」

燃えさかる炎の魔法陣から鉄が生まれ、柱と化す。

柱と柱をつなぐように何本もの鉄の棒が伸びて、男を閉じ込める魔法牢獄《ろうごく》が完成した。

男はざっと周囲を見回すが、逃げ場は完全に塞がれている。

「オマエを聖軍に突き出す前に、シャノンのことを教えてもらおうか」

【地鉄牢獄《ジルゴウム》】越しにアインが睨《にら》む。

「炎は鉄を鍛える。炎熱大系から地鉱大系《じこうたいけい》への魔導連鎖《まどうれんさ》。さすが魔導屋、教科書通りだな」

男が言う。

魔法大系には、それぞれ相性がある。

炎は鉄を鍛えることから、地鉱大系は炎熱大系と相性が良《い》い。炎を用いて魔法陣を描くことにより、地鉱大系の魔法は一段位階が上がる。

本来、第三位階魔法である【地鉄牢獄《ジルゴウム》】が、第四位階魔法に引き上げられるのだ。

発動速度や消費マナはそのままに、効果が段違いになる。

これを魔導連鎖という。

「だが、教科書だけでは実戦を生業とする本物の魔導師には勝てない」

【地鉄牢獄《ジルゴウム》】に閉じ込められたにもかかわらず、男はまるで動じていなかった。

「魔導屋。【逢魔《おうま》】を知っているか？」

男は剣を構える。

無論、その位置ではアインを斬れるはずもない。

「伝説の傭兵《ようへい》。魔術士は決して出会ってはならぬ鬼門。私が――」

男はその場で剣を振るう。

風の刃が吹きすさび、【地鉄牢獄《ジルゴウム》】をバラバラに切断した。

「【逢魔《おうま》】だ」

間一髪のところで後退し、風の刃を避けたアイン。

魔眼を光らせ、【逢魔《おうま》】を見据える。

荒れ狂う風が、彼を中心に立ち上っていた。

「【嵐従風刃魔導竜巻《レイ・ルシルフィン》】」

男が剣を突き出せば、それに付き従うように風の刃がアインを襲う。

彼は魔法障壁を張り巡らせるも、構わず【嵐従風刃魔導竜巻《レイ・ルシルフィン》】は吹きすさび、瞬《また》く間《たま》にそれを切り刻んだ。

魔法障壁は原形を残したが、破壊されるのは時間の問題だ。

「剣を手にしていれば、封剣だと思うのがセオリーだ」

勝ち誇ったように【逢魔《おうま》】は言う。

「魔術士は対術距離を嫌い、敵に近づかせない戦術をとる。相手が魔術士であっても、封剣を握れば、魔法が使えないからだ」

つまり、封剣を握った敵は近づけさえしなければ怖くないのだ。

「だが、封剣が偽物《にせもの》だとすれば、ただ相手に大魔法を使う猶予を与えたことになる」

ピシィ、とアインの魔法障壁に亀裂が走った。

「これが実戦だ、魔導屋」

風の刃が更に勢いを増し、アインの魔法障壁が砕け散る。なおも、その疾風はアインに押し迫った。

瞬間、彼は魔法陣を描く。

「【嵐従風刃魔導竜巻《レイ・ルシルフィン》】」

放った魔法は【逢魔《おうま》】と同じもの。

目前にまで迫った風の刃に、アインは風の刃を勢いよくぶつける。突風が周囲に吹きあがり、両者の魔法は消滅した。

（相殺《そうさい》された……!?　魔法障壁を使いながら、私と同じ魔法を準備していたというのか……？）

「だが、こっちは二発目の準備がすでに――」

【逢魔《おうま》】が魔法陣を仕上げ、そこに魔力を込める。

瞬間、彼は魔眼《め`》を見張った。

「【嵐従風刃魔導竜巻《レイ・ルシルフィン》】」

【逢魔《おうま》】が次の魔法を撃つよりも遥《はる》かに早く、アインは魔法を放っていた。

（早すぎる……!?　第九位階魔法だぞ……！）

咄嗟《とっさ》に魔法障壁に切り替えた【逢魔《おうま》】だったが、アインの【嵐従風刃魔導竜巻《レイ・ルシルフィン》】はそれを斬り裂き、男の体を吹き飛ばす。

「ぐ、あああああああああぁぁぁぁぁっ！！！」

ドゴォォッと岩壁にぶち当たり、男が崩れ落ちる。

全身は切り刻まれ、内臓にも損傷を負っているだろう。

すぐに立ち上がることは不可能だ。

「なぜ【逢魔《おうま》】は夕方以降しか現れないんだ？」

男の前まで歩いていき、アインが問う。

「…………？」

疑問の表情で【逢魔《おうま》】はアインを見た。

「その方が魔眼を欺きやすい……」

「違う。昼間は仕事があったからだ。【逢魔《おうま》】は魔法研究の費用を稼ぐためのパートタイムだった」

ようやく気がついたように、男ははっとした。

「まさか、貴様……？」

「正体を隠してたのは、魔法省が副業禁止だからだ。次に名を騙《かた》るときは、気をつけろ」

観念したように男が目を閉じる。

そうして、自嘲気味に言った。

「……あの魔法の発動速度……確かに魔術士の鬼門だな……」

一瞬目を丸くした後、はっ、とアインはその言葉を笑い飛ばした。

「十分、理論値の範囲内だぜ」

当然といった表情でアインは言う。

「禁呪に手を出す前に、もっと基礎を研究するんだな」

§24. 血聖石《けっせいせき》

「で？」

アインは男の目の前でしゃがみ込み、鋭い視線を向けた。

「シャノンを狙ったのはオマエ一人か？　他に仲間は？」

「それ、は……がぁっ……！」

男が吐血する。

同時にアインは男に魔法陣を描いていた。

「【仮死凍結《セフィン》】」

胸に触れたアインの指先から、徐々に男の体が凍結していく。

「魔力を使うな。オマエを凍らせて仮死状態にする。致死性の呪毒でも、数時間は持つだろう。その間に解毒《げどく》する」

男は震える唇で言った。

「無駄、だ……」

「それはオレが決める。仕掛けられた呪毒魔法の種類はわかるか？」

「【寄生呪毒花《ジャギヨル》】と【呪炎炭化《デモニル》】……後は知らん……」

アインは表情を険しくする。

（呪毒魔法の重ねがけか。ギーチェの専門だな。凍結させた後に一日戻るか。だが、その前に……）

アインは左手で魔法陣を描く。

「【解毒除草火《ラブラ》】」

彼は左手の人差し指と中指を立てる。そこに炎のメスが構築された。

（即効性の【寄生呪毒花《ジャギヨル》】と凍結を妨げる【呪炎炭化《デモニル》】を解呪・解毒《げどく》する。まず【寄生呪毒花《ジャギヨル》】からだ。種を植え付けられたのは七、いや、八カ所か）

アインは魔眼にて、【寄生呪毒花《ジャギヨル》】の寄生位置を見抜く。

心臓の位置に植えられた【寄生呪毒花《ジャギヨル》】に、【解毒除草火《ラブラ》】のメスを突き刺した。

ジュウッと体内で呪毒の種を焼き切っていく。

「まずは一つ」

二つ目。頭部に植え付けられた呪毒にアインがメスを向けようとしたそのとき、彼はなにかに気がついたようにはっとした。

反射的に飛び退《との》き、男の頭上に魔法障壁を張った。

直後、坑道の上部を突き破り、燃えさかる炎光が降り注ぐ。魔法障壁を一瞬で破壊して、男の体を焼き尽くした。

後に残ったのは炭だけだ。

アインは険しい表情で、頭上を見上げた。

魔法砲撃で空けられたどでかい穴からは空が見える。

遥《はる》か上空に人影が浮かんでいた。

その位置から鉱山を撃ち抜き、男を焼いたのだ。

並の術者ではない。

「次はオマエが相手か？」

応答はない。

上空の人影は消え去っていった。

（後始末にきただけか……）

§　§　§

ホルン鉱山、魔導工房。

「なんですの、いったい……」

魔法球を覗《のぞ》きながら、アナスタシアは言葉を漏らす。

そこには何体ものゴーレムを斬り伏せたギーチェの姿が映っていた。

「盗人《ぬすっと》ごときが、わたくしのゴーレムをすべて斬るなんて……」

信じられないといった風にアナスタシアは彼を見つめる。

【逢魔《おうま》】。本当にあれは聖軍じゃありませんの？ 【逢魔《おうま》】……？」

アナスタシアが【魔音通話《テスラ》】で話しかけるも、応答はない。

「――ギーチェは正真正銘、聖軍の部隊長だぜ。オマエの仲間は【逢魔《おうま》】を騙《かた》ってただけだ」

聞こえてきた声の方向に、アナスタシアは振り向く。

入り口にいたのはアインである。

彼はアナスタシアを見た後、すぐに不可解そうな表情を浮かべた。

「……オマエ……【石姫】か？」

「なにを白々しい。わたくしの研究を盗みにきたんでしょうに」

「こないだ会っただろ。魔導学院の面接試験のときに」

「えっ？」

驚いたようにアナスタシアはマジマジとアインの顔を見る。

続いて、彼女は魔法球に映っているギーチェとシャノンを見た。

「見覚えがありますわ……」

「で、オマエの仲間が本物の【逢魔《おうま》】だってのはどう確かめたんだ？」

「…………」

気まずそうな顔でアナスタシアはうつむいた。

§　§　§

「お、お父様には、お父様にだけはおっしゃらないでくださいませっ！　禁呪研究に加担しただなんて知られたら、お尻ペンペンされてしまいますわっ！！！」

アナスタシアが切実な表情で訴える。

そう言われても、といった風にアインとギーチェは首を捻《ひね》った。

「どうするんだ？」

と、アインがギーチェに問う。

「未就学の子どもが騙《だま》されてやったことだ。聖軍でも、せいぜい厳重注意だろう」

「お尻ペンペンぐらいはいるだろ。またやらかすぞ」

アインが率直な意見を述べる。

「なっ⁉　ぐらいですって⁉　お尻ペンペンで命を失うことだってありますのにっ⁉」

「そんな暴力はお尻ペンペンとは言わん」

アインが素早く否定する。

「なんていうかな？」

純粋な疑問だったか、シャノンが聞く。

一瞬、アインは考えて、

「ギーチェ」

ギーチェに丸投げした。

彼は自分が答えるのか、といった表情を浮かべる。

さっさと答えろといった目でアインが促す。

シャノンの期待の眼差《まなざ》しがギーチェに突き刺さり、彼はお茶を濁すことはできなくなった。

「お、お尻デュクンデュクンだ！」

「真面目な話ししてもいいか？」

最初からしろ、と言わんばかりにギーチェが睨《にら》んでくる。

「連中はシャノン……子どものことについて、なにか言っていたか？」

アインが問う。

シャノンが後ろで「おしりデュクンデュクン」とお尻を叩《たた》くフリをしている。

「【逢魔《おうま》】が一度、子どもがどうのと言っていた気がしますけども、研究には関係ありませんし、気にしてませんでしたわ」

アナスタシアが回答した。

「その【逢魔《おうま》】はどこだ？」

ギーチェが聞く。

「オレが相手をしたが、仲間が後始末をしていった」

アインが答える。

「……【白樹《はくじゅ》】の魔導師なら、よくあることだ。一人捕まれば芋づる式だからな」

【逢魔《おうま》】だけが、シャノンを狙っていたんならいいんだがな」

「その可能性も十分ある。【白樹《はくじゅ》】は個人主義の魔導師たちの寄せ集めだ。同じ研究をしているわけではない」

アインは考え、そしてアナスタシアに問う。

「ここで、どんな禁呪を研究していた？」

「それですわ。禁呪かどうかはわかりませんけれども」

アナスタシアが魔導工房の中央を指す。

そこには、赤い石が置かれていた。

「魔石か」

　アインが呟《つぶや》く。

「ええ、血聖石《けっせいせき》という種類だそうですわ。従来の魔石の何十倍というマナが秘められていますの。ただ精製やマナの抽出が難しくて、その研究をしていたんですわ」

「どこまで進んだ？」

　ギーチェが問う。

「全然ですわ。いくつか仮説は立てましたけれど、実験はまだまだ初期段階ですの」

　アインが言う。

「【石姫】にできないとなると、相当な代物か」

「いしひめ、すごいか？」

　不思議そうにシャノンが尋ねた。

「魔石研究の分野じゃ、五本の指に入るだろうな。この歳《とし》で、魔導学界の至宝と呼ばれるほどだ」

「てんさい……!?」

　シャノンが憧れの目でアナスタシアを見つめた。

　それを受け、彼女はご満悦に微笑《ほほえ》んだ。

「それほどでもありませんわ」

「それに、こんなに騙《だま》しやすい天才もいない」

「それほどでもありませんわ」

アナスタシアは涙目で肩を落とす。

「奴《やつ》らはこの魔石でなにをしようとしていた？」

ギーチェが問う。

「聞いていませんわ」

「些細《ささい》なことでもいい。思い当たることがあれば、教えてくれ」

「そう言われても、魔石以外に興味はありませんもの」

口にした直後、「あ」とアナスタシアは声を上げた。

「そういえば、一つ気になることがあるのですけど」

アナスタシアは赤い魔石に視線を向ける。

「血聖石はこの鉱山から採れたものではありませんわ」

ギーチェが表情を険しくする。

「なぜわかる？」

「山を見れば、どんな石が採掘されるかぐらいはわかりますわ。それと、現在発見されている鉱山にはこの血聖石と組成が似た石すらありませんわね」

「確かか？」

「ええ。【石姫】の誇りにかけて」

余程の自信があるのだろう。アナスタシアはそう言い切った。

「【白樹《はくじゅ》】は未知の鉱山を所有しているってことか」

アインがそう口にすると、ギーチェはうなずいた。

「血聖石は聖軍で調べよう。【白樹《はくじゅ》】の拠点も探しやすくなる」

「じゃ、あとは……【石姫】、この鉱山の価値はどのぐらいだ？」

アインが聞く。

「まあまあね。位階評価で、九といったところかしら」

「よし。ギーチェ、約束通りここはオレが買い取る。すぐに手続きを進めてくれ」

「すぐに？　金はあるのか？」

ギーチェが怪訝《けげん》な表情で聞いた。

「ない」

「おい……」

「聖軍に金を借りたい。基幹魔法の開発者で金持ちにならなかった魔導師はいない。恩を売らせてやる」

ギーチェの表情が無になった。

また無茶を、とでも言いたげだ。

「総督に聞いてみる」

「【石姫】、採掘を手伝え」

「はぁっ⁉　どうしてわたくしがそんなことをっ⁉」

嫌がるアナスタシアに、アインは言った。

「擁護してやってもいいぞ。オマエは騙《だま》されてただけだってな」

うっと彼女は言葉に詰まる。

背に腹は代えられないといった調子で、彼女は言った。

「お尻ペンペンをなしにできますの……？」

ふっと優しげにアインは笑う。

「任せろ」

アナスタシアが安堵《あんど》した表情を見せる。

シャノンが言った。

「でも、ぱぱ、かわりに、おしりデュクンデュクンする！」

「命を失いますわぁぁーっ‼」

アナスタシアの絶叫がホルン鉱山に響き渡った。

§25. 試験前

ホルン鉱山。

ドガガガガガガと削岩する音が響いている。

アナスタシアのゴーレム、【削岩採掘人形《ディモティ》】が鉱床から魔石を採掘しているのだ。

合計四体の【削岩採掘人形《ディモティ》】が稼働《かどう》していた。

「なるほど。これが【削岩採掘人形《ディモティ》】か。いい魔法だな」

採掘するゴーレムを観察しながら、アインが言う。

「当然ですわ。この【石姫】アナスタシアが開発したんですもの」

魔法を使いながら、アナスタシアが優雅に微笑《ほほえ》む。

ご満悦だった。

「ぱぱも、【でぃもてぃ】つかえる？」

シャノンがふと気がついたように尋ねる。

「覚えればな。オレの習得魔法じゃ、【削岩採掘人形《ディモティ》】まで少し遠い」

「なぜにとおいかな？」

「一つの魔法は、複数の魔法の組み合わせで成り立つ」

シャノンに説明するため、アインは羊皮紙に書き込んでいく。

「単純なゴーレムを作るのが【石人形《ディーバ》】の魔法だ。シャノン、ゴーレムの特徴はなんだ？」

シャノンはうーんと考える。

そして、ギーチェが戦った【魔磁石傀儡兵《ビルティイエット》】を思い出す。

「いわでできてる」

「そうだ。つまり、石や岩を生成する術式が必要になる。それが【生成石《モルバ》】の魔法だ」

そう口にして、アインは羊皮紙に【生成石《モルバ》】の魔法陣を描き込んだ。

「他には？」

「ひとのかたちしてる」

「あれは術者が岩石を変形させている。【岩石変形《ベーダ》】の魔法だ」

羊皮紙に【岩石変形《ベーダ》】が描き加えられる。

「他にあるか？」

「つおい！」

「強いのは結果だ。強いためにはなにが必要だ？」

「ぱんちする」

シャノンがしゅっとパンチを繰り出す。

「それだ。つまり、変形させた岩石を操る魔法、【人形操作《アドウム》】だ」

羊皮紙に【人形操作《アドウム》】が描き加えられる。

アインは【生成石《モルバ》】、【岩石変形《ベーダ》】、【人形操作《アドウム》】、三つの魔法陣をぜんぶ内側に収める大きな魔法円を描いた。

「この三つの術式を利用するのが、最も基礎的なゴーレムを作る【石人形《ディーパ》】の魔法陣。もちろん、これには【石人形《ディーパ》】専用の術式もある」

アインは【専用術式】と書いた魔法陣を描き足した。

「これで完成だ」

更に【石人形《ディーパ》】の魔法陣の隣に、アインは別の魔法陣を描き足していく。

「【削岩《ドル》】、【魔石探知《ルテイ》】、【金属探知《テイフル》】、【採掘管理《アモルド》】、専用術式」

合計六つの魔法陣を、アインは更に大きな魔法陣で覆う。

「これが【削岩採掘人形《ディモテイ》】だ」

「まほうたくさん」

シャノンが手を大きく広げる。

「目的の魔法を習得するためには、その前にいくつか魔法を習得する必要があるが、複雑な効果を発揮する魔法ほど、必要な魔法の数が多い。だが、この工程をすっ飛ばすことができるものがある」

シャノンが意気揚々と手を上げた。

「ぱぱ！」

「なにを言ってるのよ……？」

アナスタシアが白い目でシャノンを見る。

「確かに天才なら、魔法の習得は早い。正解だな」

「なにを言ってますの……？」

アナスタシアが更に白い目でアインを見た。

「じゃ、天才以外ならどうする？」

すると、シャノンははっとして、【加工器物《リレイス》】の歯車を取り出した。

「きこうまほうじん！」

「正解だ。というわけで、【石姫】。【削岩採掘人形《ディモティイ》】の器工魔法陣を作ってくれ」

「構いませんけれど、何体ですの？」

「一〇〇体だ」

「一〇〇っ⁉　却下ですわ、却下っ！　過労死しますわっ！」

「作ってくれたら、ゲズワーズを見せてやるぞ」

ピクッとアナスタシアが興味を示した。

「ゲズワーズ……？」

§　§　§

湖の古城。地下大空洞。

そこに修理中のゲズワーズがあった。

「わぁ……」

と、アナスタシアが歓喜の表情でそれを見つめている。

「ど……どうしてあなたがゲズワーズを所有していますの？」

「オレの歯車大系を盗むために、ゲズワーズを使ってきた馬鹿がいた。魔法省にオマエらの仕業じゃないかと問い合わせたが、宝物庫のゲズワーズは紛失していないとの回答があった」

「でも、ここにあるでしょ？」

シャノンが不思議そうに言う。

「魔法省がゲズワーズで新魔法を盗もうとしたなんてことがわかれば大問題だ。なかったことにしたいんだよ。つまり、これはただのダークオリハルコンだそうだ。幸い壊れてるしな」

「ぱぱ、なおしてる」

「ダークオリハルコンはそう簡単には手に入らん。完全には修理できないと思ってるんだろ」

アインとシャノンの会話は聞こえていないのか、アナスタシアは魔眼を光らせ、ただただゲズワーズを見つめるばかりだ。

（アゼニア・バビロンの傑作だからな。オレも穴が空くほど見た）

と、アインは微笑《ほほえ》む。

「もっと近くで見ていいぞ」

「本当ですのっ⁉」

「修理中だから気をつけろ」

こくりとうなずき、アナスタシアはゲズワーズに向かって走っていく。

「シャノンもいくっ！」

「オマエは勉強だ」

シャノンの肩をアインがつかむ。「いーくー」とシャノンはぐるぐる腕を回しながら、前へ進もうとするが、アインはびくともしない。

「学力試験は三日後だぞ。今日の模試は何点だった？」

「いっぱい」

「十五点だ」

「シャノンのやるきをたして、３００てん！」

「勝手に足すな」

呆《あき》れたようにアインが言う。

「シャノン、やるきたしたいです！」

「そういうことじゃない」

手を上げて申告してきたシャノンに、ピシャリとアインは言った。

「とにかく、試験範囲は一通り教えたし、理解はしている。真面目に問題に取り組めば点はとれるはずだ。試験のコツを教えてやるから……」

「ぱぱ、すぐ×つけていじわるだからやだっ」

ぷいっとシャノンがそっぽを向く。

「間違えたら×なもんはしょうがないだろうがっ」

アインの理屈は、しかし娘に届かず、「むー」とシャノンは膨れている。

「だでぃにおしえてもらう」

そう口にして、シャノンが走り出す。

「ちょっと待て、シャノン」

シャノンは止まらない。

「待ったら、ホットケーキを焼いてやる」

ピタリとシャノンが立ち止まり、涎《よだれ》を垂らしながら振り向いた。

「ギーチェに教えてもらうのはいいが、一つ約束だ。アイツに魔法研究をしているかは聞くなよ」

シャノンが不思議そうに首をかしげる。

「どーして？」

「ギーチェは昔、ある魔法病の治療法を研究していた。父親がその病気にかかっていたからだ」

シャノンは以前にギーチェから聞いた話を思い出す。

「ませきびょう？」

「……ギーチェから聞いたのか？」

驚いたようにアインが聞く。

シャノンはこくりとうなずいた。

「ぱぱは、おおばかやろうっていってた」

「アイツはな、未《いま》だに魔石病の治療法を見つけられなかったことを悔やんでるんだ。父親を殺した自分に、魔法研究をする資格はないって思ってやがる。オレが学位をとれなかったことまで、自分の責任にしてたな」

アインが言う。

「自分以外の誰かが魔石病の研究をしていれば、なんて馬鹿なことを考えて、魔導師にならず、聖軍に入った」

「……でも、だでぃのけんきゅう、うまくいかなかったって……？」

「アイツは間違っていない。ただ、途中だっただけだ」

そうはっきりとアインは断言した。

「今もまだな。アイツは周囲の雑音に振り回される面倒くさい奴《やつ》なんだ。しばらく、一人で考えさせてやった方がいい。今言ったことも内緒だ。いいな？」

「あい！」

シャノンは大きくうなずいた。

§　§　§

応接間。

ドアを開き、シャノンが飛び込んでくる。

「だでぃ、べんきょーおしえてほしいっ」

シャノンが大声でそう訴えたが、ギーチェから返答はない。

彼は目の前に広げた羊皮紙を睨《にら》み、じっと考え込んでいる。

「だでぃ？」

シャノンがギーチェの目の前に顔を出したが、やはり反応しない。

まるでシャノンが見えていないかのようだった。

§26．学力試験

――魔石病に冒された父は、お前に賭けると言った。
――失敗すれば父は死ぬ。
――だが、そのときの私は失敗のことなど頭になかった。
――自信があった。解き明かせる、と。
――複雑怪奇で、壮麗な、術式のパズルにようやく触れることができる。
――魂が震え、ワクワクが止まらなかった。
――夢から覚めたのは、魔石と化した父の亡骸《なきがら》の前。
――私が持っていたのは才能ではなく、傲慢さで、
――その驕《おご》りが、父を殺したのだ。
――だが……
――それでもなお、罪深いことに、

――術式のパズルは鮮やかに輝いて見えた。

§　§　§

つん、つん、とシャノンはギーチェをつつく。

彼は微動だにしない。

ゲゲゲゲー、ゲゲゲゲー、とシャノンはゲズワーズの真似《まね》をする。

やはり、ギーチェは反応しない。

シャノンはするりとギーチェの懐《ふところ》に潜り込み、ぬっと顔面を羊皮紙の前に持ってきた。

だが、それでもなおギーチェは思考にふけったまま、シャノンに反応を示さなかった。

(だでぃ、こわれた……!?)

緊急事態といったようにシャノンは大口を開けた。

彼女は「頭が回っていないときは、甘いものを食べるといい」という父親の言葉を思い出す。

そして、テーブルの皿にあったチョココロネを手にする。

「ふっかつ！」

ズボッとチョココロネがギーチェの口に入った。

すると、彼はシャノンをようやく認識したように、不思議そうな表情をたたえる。

「……？　なにをしてるんだ……？」

テーブルに寝転がりながら、シャノンもチョココロネを食べていた。

「だでぃ、なおたっ！　ちょこころねのじつりきっ！」

食べかけのチョココロネを掲げながら、満面の笑みでシャノンが言う。

ギーチェは不可解そうに首を捻《ひね》った。

§　§　§

「――すまないな。昔からの悪い癖なんだが、どうも考え事をしていると周りが見えなくなる」

応接間。

ソファに腰掛けるギーチェが、自身の先ほどの状態を説明していた。

「シャノン、まえにいたよ？　みみ、こわれたか？」

「壊れたわけじゃないんだが……沢山考えてたんだ……」

シャノンの頭の中に（たくさんかんがえる↓こえきこえない↓いっしょうけんめい）という考えがよぎる。

「えらい！」

「……いや、人の話が聞こえなくなるのは問題ではある……」

心苦しそうにギーチェが言う。

「じゃ、だでぃこわれたら、シャノンがまたちょこころねでふっかつする！」

任せて、といったようにシャノンは胸を張る。

それを見て、僅かにギーチェは微笑《ほほえ》んだ。

「そうか。感謝する」

「だでぃ、なにかんがえてたの？」

ギーチェの隣で、シャノンが興味津々《きょうみしんしん》といった風に聞いた。

「……少しな……」

そう言いながら、深刻そうな顔でギーチェは羊皮紙に視線を落とす。

「すこし？」

ギーチェの顔を覗《のぞ》き込《こ》むように、シャノンが聞く。

「シャノンは私に用があったんじゃないか？」

「あ！」

と、シャノンが思い出したように声を上げる。

「べんきょーおしえてっ。シャノン、ひゃくてんとりたい！」

「アインはどうした？」

「ぱぱ、すぐ×つけてくる。いじわる」

むー、とシャノンは不服そうだ。

「幼等部の学力試験は難しくはない。集中して試験を受ければ、今のシャノンでも十分に点がとれるだろう」

「しゅーちゅーってなあに？」

「シャノンは試験のとき、なにを考えてるんだ？」

すると、元気いっぱいにシャノンは言った。

「しけんすると、おなかすくでしょ。すーぱーほっとけーき、たべたくなるでしょ。まほうでつくりたいっておもうでしょ。どしたら、できるかなってかんがえる！　はっぴょー！　ばつ！」

シャノンは、両手を交差して×印をつくる。

「私も、子どもの頃はそうだった」

苦笑しながら、ギーチェは言う。

「だでぃ、ようとうぶのしけんうけたか？」

「ああ。問題を解くことだけを考えられるように努力した。それが集中だ」

「どうやったら、しゅーちゅーするかな？」

期待の眼差《まなざ》しでシャノンが問う。

「シャノンはどうして魔導師になりたいんだ？」

「かっこいい！」

「そうだな」

ギーチェが同意を示すと、シャノンは嬉《うれ》しそうに笑った。

「それ以外にはあるか？」

ギーチェが聞いた。

うーん、とシャノンは考え込む。

「……あのね、これはないしょだよ？」

「ん？　ああ、わかった」

「ぱぱ、がくいとれないでしょ」

「そうだな」

「だから、シャノンがとる！　シャノン、がっかいではっぴょーする。ぱぱはすごいまどうし！　すごいいじん！　ぱぱはかんげき。なく！」

ギーチェは驚いたように目を丸くする。

それから、穏やかに微笑《ほほえ》んだ。

「シャノンは大人だな」

すると、彼女はふふんと鼻を鳴らし、ピースをした。

「お・と・な！」

「ならば、それを思い出して、試験を頑張ろうと思えれば大丈夫だ」

「しゅーちゅーするかな？」

「間違いなくするだろう」

ギーチェははっきりと断言した。

「だでぃは、どうしてまどうし、なりたかったかな？」

「……私は……」

一瞬、ギーチェは言《い》い淀《よど》む。

「だいじょうぶ。シャノン、ないしょマスター！」

口が堅いことをアピールするように、シャノンは自らの口を手で塞ぐ。

フッとギーチェは微笑《ほほえ》む。

「私は魔法研究が好きだった」

「シャノンもまほーすき」

嬉《うれ》しそうにシャノンは同意する。

「魔法は常に規則正しく、美しく、完璧な形で、そして想像すらしない未知を見せてくれる。だから、好きだったんだ。術式の形を考えるだけで、胸が躍った」

ギーチェは語る。

「だが、それだけで魔導師になる資格はない」

「どして?」

「魔法研究というのは危険と、ときに犠牲を伴う。犠牲を払い、なお研究が許されるのは、それ以上の成果を出せる人間だけ。才能のある人間だけだ」

　重たい表情で、ギーチェは言う。

「私は犠牲を払い、失敗したんだ」

「……ませきびょうのけんきゅー?」

　驚いたようにギーチェが振り向く。

「アインに聞いたのか?」

　はっとして、シャノンは口元を両手で隠した。

(シャノン、なにもきいてない!)

　そう彼女は目で訴えていた。

　仕方がないといった風に、ギーチェは目を伏せる。

「……父という実験体がありながらも、私は失敗した。私以外が研究していれば、父は生きていたかもしれない。魔石病は不治の病ではなくなっていたかもしれない」

　遠い目をしながら、ギーチェは言う。

「私は才能がなかった。だから、魔導師にはならず聖軍に入った。アインのように、才能のある魔導師の手助けをできればと思った」

シャノンは黙って聞いている。「ただ……」とギーチェは言った。

「こないだホルン鉱山で血聖石を見て、魔石病のことが頭をよぎった。そんなことからすら、連想してしまう。父まで犠牲にしながら、それでも、私はまだ研究のことを考えてしまう。業の深い」

ギーチェはその羊皮紙に視線を落とした。

魔石病のことが書き込まれていた。

「じゃ、けんきゅーしたら？」

シャノンがあっけらかんとそう言った。

「私は……もう失敗したからな」

「シャノン、テスト15てん！　もうひゃくてんなし？」

「頑張れば大丈夫だ」

「じゃ、だでぃもだいじょうぶ！　シャノンがんばるから、だでぃもいっしょにがんばろう！」

ぐっとシャノンは拳を握り、満面の笑みで励ました。

ギーチェは目を丸くする。

それから、僅かに笑みを覗《のぞ》かせた。

「そうだな。では、一緒に勉強しよう」

「あい！」

　ギーチェはシャノンに模擬テストの問題を渡す。それを彼女が解く傍《かたわ》ら、ギーチェは羊皮紙に魔石病のことを書き込む。

　様子を見に来たアインが、邪魔をしないようドアの外で見守っていた。

「面倒くさい野郎だ」

　そうぽつりと呟《つぶや》いて。

§　§　§

　三日後、シャノンは試験を受ける。

　相変わらず散漫になりがちな意識を、ギーチェのアドバイスを思い出しながらつなぎ止め、どうにか試験に集中する。

　そして、後日――

　一通の封書が古城に届いたのだった。

　それを読んだアインが言う。

「シャノン。合格だ。よくやった」

「おうごんのしゅーちゅーりょく！」

満面の笑みでシャノンは両手を上げる。

ギーチェと身長が合わないのを察して、アインは彼女を持ち上げた。

シャノンとギーチェは嬉《うれ》しそうにハイタッチを交わしたのだった。

§27. 入学

湖の古城。玉座の間。

ばん、とシャノンが胸を張り、新しい服をアピールする。

アンデルデズン魔導学院幼等部の制服を身につけたのだ。

魔導師を育てる学院だけあり、法衣をベースとした学生服である。

「おにゅーのふく、きた！」

嬉《うれ》しそうにシャノンはその場でくるりと一回転した。

「よく似合っている」

そうギーチェが褒める。

シャノンは嬉《うれ》しそうにはにかんでいる。

「時間がない。行くぞ」

アインが踵《きびす》を返《かえ》し、玉座の間を出ようとすると、

「じゅんび、まだ」

なぜか、頑《かたく》なな表情でシャノンが言った。

アインは立ち止まり、不可解そうな表情を浮かべる。

「全部用意したろ？」

「だでぃ！」

と、シャノンはビシッとギーチェを指さす。

「ごうかく」

シャノンは両手で○を作った。

「ぱぱ！」

今度はビシッとアインを指さす。

「ばつ！」

シャノンは両手を勢いよく交差し、×を作った。

「は⁉　なんでだっ⁉」

「ごうかくしないと、ぱぱおるすばん！」

「理屈がわからん。説明しろ」

シャノンは裾を持ち上げたり、くるりと回転したり、わざとらしく制服をアピールしている。

「あー……似合ってるぞ……」

察したアインが褒めてみたが、彼は女性の服装に言及したのは生まれて初めてである。興味がないのがだだ洩《も》れであった。

「おざなり！　ばつ！」

シャノンが両手を激しく交差した。

「…………」

助けろ、といった目でアインはギーチェに訴えた。

「シャノン、そろそろ出なければ遅刻する。こいつも歩いてる内に、反省するだろう」

ギーチェが助け舟を出す。

「じゃ、それでゆるしたげる」

§　§　§

アンデルデズン魔導学院へ向かう道をアイン、ギーチェ、シャノンは歩いていく。

「似合ってるぞ」

「ぱつ」

「似合ってる第十三位階」

「ぱつ！」

「ゲズワーズみたいに似合ってる」

「ゲゲゲゲーッ！　ぱつっ！」

なんとかシャノンの機嫌を直そうと、アインが様々な褒め方を試みたが、いまいちピントを外しており、一向に合格が出ない。

彼は奥歯を嚙《か》みしめる。

「くそっ。ギーチェとなにが違うんだっ⁉　言いたくはないが、上官に媚《こ》びへつらうおべっか軍人のよいしょ術がそんなに子どもに効果的なのかっ⁉」

「言いたくないなら、黙れ」

無表情でギーチェがつっこむ。

「こうなったら、媚《こ》び声が出せる魔法を開発するか……？」

「才能の無駄遣いはやめろ」

そうこう話している内に三人の目の前に、魔導学院の門が見えてきた。「とうちゃく！」と嬉《うれ》しそうにシャノンが走り出す。

「待て、シャノン」

門をまたごうとした彼女が、振り向いた。

アインはしゃがみ込み、彼女と目線を合わせる。

真剣な顔で彼は言う。

「オマエは今日から魔導師の卵だ。覚えておけ。魔導師が法衣を纏《まと》うのは、魔法に敬意を示し、真理にのみ従属するという表明だ」

「しんりにじゅうぞく？」

シャノンの顔は疑問でいっぱいだった。

「なにが正しいのか、自分の頭で考えるということだ」

「シャノン、とくい！」

すると、アインは苦笑する。

「確かに、オレに×をつけるぐらいだ。オマエほど、これがふさわしい奴《やつ》もいないな」

えへへー、とシャノンは満面の笑みを浮かべた。

とことこと彼女は門をくぐり、くるりと振り返る。

そして、両手で○を作った。

「ぱぱ、ごうかく！」

アインは怪訝《けげん》そうな表情を浮かべ、

「……理屈がわからん」

と、呟《つぶや》いた。

§　§　§

アンデルデズン魔導学院。幼等部大講堂。

教壇では、学長のジェロニモが挨拶をしていた。

「――本校の校風は自由と挑戦である。新入生諸君には、失敗を恐れず、自由にのびのびと挑戦を行い、素晴らしき魔法の神秘を学び取っていただきたい。入学おめでとう」

入学式が終わった後、シャノンたち新入生は幼等部の教室に移動する。

机に座り、キョロキョロと彼女は周囲を見回す。

見知った顔を見つけた。

アナスタシアだ。

シャノンはブンブンと手を振った。

しかし、アナスタシアはぷいっとそっぽを向いて行ってしまう。

あれ、とシャノンは首を捻《ひね》った。

「なあ、あれ」

「【石姫】だ……六智聖の娘の……」

近くの席の生徒たちが話しをしている。

「父ちゃんが言ってたけど、もう学位を持ってるらしいぜ」

「すっげえっ。やっぱ名家のお嬢様は違うんだな」

と、そのとき、ゴーンゴーンと鐘が鳴った。

教室に入ってきたのは、法衣を纏《まと》った女性である。

長い髪を後ろでまとめている。

彼女は教壇に立つと、にっこりと笑った。

「はじめまして。セシル・ネイリーよ。このAクラスを担当するわ。よろしくね」

よろしくお願いします、と生徒たちは大きな声で言った。

「元気があってよろしい」

と、セシルは微笑《ほほえ》む。

「それじゃ、早速だけど、授業を始めるわね」

セシルは黒板に魔力を送って絵を描いた。

魔導師の絵だ。

そこに、アゼニア・バビロンと名前が書かれた。

「アゼニア・バビロンが魔導学の祖と呼ばれているのは基幹魔法を開発したから。じゃ、彼が研究していた基幹魔法はいくつだと思う？　わかる人」

はい、はい、と生徒たちが競い合うように手を上げる。

「んー、そうね。それじゃ、一つだと思う人挙手」

手を上げながら、セシルが言う。

「あい！」

と、シャノン一人が手を上げる。

「じゃ、二つだと思う人挙手」

「あいっ！」

またしてもシャノン一人だけが手を上げる。

「え、えーと……さっき一つに手を上げなかった？　二つに変えるの？」

「シャノン、かんがえた」

知的な雰囲気を出しつつ、シャノンは言った。

「ぜんぶにてをあげれば、せいかいかくじつ！」

一瞬の沈黙の後、どっと生徒たちが爆笑した。

シャノンは誇らしげに胸を張っている。

「え、えっとね、手を上げるのは一回にしようね」

セシルが優しく説明した。

「それじゃ、次。三つだと思う人挙手」

次々と手が上がる。

ほぼ生徒全員がそこで手を上げていた。

もちろん、シャノンも上げている。

「四つだと思う人挙手」

手を上げたのは、セミロングの女の子だ。

名はリコル。髪も目も青く、大人しそうな雰囲気だった。

ちなみに、シャノンも手を上げている。

「それじゃ、正解は」

黒板に『炎熱大系《えんねつたいけい》』、『暗影大系《あんえいたいけい》』、『地鉱大系《じこうたいけい》』という文字が現れた。

「この三つよ。アゼニア・バビロンは三種類の基幹魔法を研究していたの」

シャノンは不思議そうに頭を捻《ひね》った。

「いじん12にんなのに、アゼニアがみっつか？」

「そう。いいところに気がついたわね。基幹魔法は十三大系。少し前まで十二大系で、それを開発したのが十二賢聖偉人。アゼニア・バビロンが三種類開発していると、十二賢聖偉人は一〇人のはずよね」

セシルは黒板に説明図を描いていく。

「誰か説明できる人？」

すっとアナスタシアが手を上げた。

「じゃ、アナスタシアさん」

「三種類の内、炎熱大系以外は共同研究でしたの。アゼニアは暗影大系と地鉱大系の基礎理論を構築し、二人の優秀な弟子に開発を任せたんですわ」

すらすらとアナスタシアは回答した。

「そうそう」

と、答えがわかっていた他の生徒たちがうなずいている。

「そうそう」

と、よくわかっていないシャノンもうなずいている。

「正解よ。リコルさんもわかったかな?」

「……で、でも」

青い髪の少女、リコルが言う。

「本当は四つだって……今の魔法史は間違いがあって、アゼニア・バビロンはもう一つ基幹魔法を研究していたって……」

困ったようにセシルが苦笑いを浮かべる。

「えーと、それは誰から」

「あり得ませんわね」

セシルの言葉にかぶせ、アナスタシアが鋭く言った。

ビクッとリコルが体を震わせる。

彼女は萎縮したようにうつむいた。

「魔法史は選ばれた魔法史学者が研究の末に辿《たど》り着《つ》いた真理ですわ」

アナスタシアがそう断言すると、他の生徒たちも口々にしゃべり始めた。

「だよなぁ。うちの父様もそう言ってたし」

「俺もそう習ったぜ」

「誰に聞いたんだ？　親が魔導師じゃないんじゃないか？」

「変な嘘《うそ》つくなよなぁ」

リコルは身を小さくする。

目には涙が滲《にじ》み、今にも泣き出しそうだった。

「え、えっとね。魔法史には色んな説があるから、先生も詳しく調べておくわね。それじゃ、次は自己紹介をかねて、簡単なレクリエーションをしよっか」

セシルは話題を切り替え、レクリエーションの説明を始めたのだった。

§　§　§

ゴーン、ゴーン、と鐘の音が鳴る。

授業を終えたシャノンが元気よく教室を出る。

まっすぐ帰ろうとした彼女だったが、まるで知らない中庭に辿《たど》り着《つ》いてしまう。

「……まよた……!?」

どっちに行けば帰れるのか。シャノンはキョロキョロと辺りを見回す。

すると、すすり泣く声が聞こえた。

シャノンがその声の方向へ歩いていくと、木陰にうずくまり泣いている女の子がいた。

リコルだった。

§28. キース①

大粒の涙がこぼれ落ちる。

足音に気がつき、顔を上げたリコルとシャノンの目が合った。

「……あ……」

恥ずかしそうにリコルが顔を伏せる。

シャノンはポシェットに手を突っ込んだ。

「これあげる！」

彼女の手の平にあったのは、石で作ったゲズワーズだ。作り込みは精密とは言いがたく、デフォルメされている。

「……え…………？」

きょとんとした顔で、リコルは目の前に突き出されたゲズワーズを見た。

「シャノンがつくったゲズワーズッ！」

ゲゲゲゲーッと声を上げながら、シャノンはゲズワーズのポーズをとった。

「って、さけぶ。かっこいいでしょっ？」

ゲゲゲゲーッ、ゲゲゲゲーと大きくシャノンは叫ぶ。

その行動が突飛すぎたか、リコルは目を丸くした後、ふふっと微笑《ほほえ》んだ。

「可愛《かわい》いね……」

「ゲズワーズはうごくともっとすごい」

「これ……うごくのっ……⁉」

リコルは驚き半分、期待半分といった眼差《まなざ》しでシャノンを見た。

堂々と胸を張って彼女は答える。

「うごかない‼」

「……えーと……」

リコルは呆気《あっけ》にとられた様子だが、シャノンはなぜか得意げだった。

「あのね、シャノン、リコルといっしょ！」

「いっしょ？」

不思議そうにリコルが聞き返す。

「よっつのとき、て、あげた！」

ビッとシャノンは手を上げる。

「……シャノンちゃんって、ぜんぶに手を上げてたような……」

「アゼニアすごいから、よっつけんきゅーでもおかしくないよ！」

シャノンは勢いよく言った。

しかし、気落ちしたように、リコルは顔をうつむかせる。

「でも、みんなは違うって。先生も……」

「みんなちがうっていったら、だめか？」

「……だって、先生が言うことは正しいよね……？」

シャノンは一瞬考え、そして父親に言われたことを思い出した。

「だいじょうぶ。シャノン、しんりにじゅーぞくしてるから」

「え……？」

「じぶんでかんがえるんだよ。まどうしだから！」

驚き半分でリコルはシャノンを見返した。そんなこと、思いもよらなかったといった表情をしている。

「まほうし、まちがいあるでしょ。だって、ぱぱのことのってないから。ばつ！」

シャノンは思いっきり両手を交差する。父親の名が魔法史に載っていないことが不服そうだった。

「シャノンちゃんのお父さんは、すごいんだ？」

「おうとでいちばん！　すーぱーまどうし！」

シャノンが両手を広げ、父親のすごさをアピールしている。

すると、リコルは穏やかに微笑《ほほえ》んだ。

「あたしのお兄ちゃんはね、魔法史のことをなんでも知ってるんだ。いつも、色んなお話をしてくれるの」

「ものしりぶらざー！」

と、シャノンが感心している。

ふふっ、とリコルは笑った。

「お兄ちゃんが言ってたんだ。アゼニア・バビロンは四つ目の基幹魔法開発に取り組んでたんだって」

そんな話をしながら、シャノンはリコルと二人で校門へ向かったのだった。

§　§　§

湖の古城。応接間。

シャノンは帰宅した後、すぐにリコルとした話をアインに伝えた。

「——どうだろうな？　魔法史を書き換えるとなれば、それなりの証拠と論文が必要だ」

アゼニア・バビロンが四つ目の新基幹魔法開発に着手していた説について、アインの第一声がそれだった。

「ぱぱ、ばつっ！」

「はぁっ⁉　なんでだっ⁉」

またしても食らってしまった×評価に、アインは大人げなく問いただす。

「まどうしは、じぶんでかんがえなきゃだめでしょ」

「ソイツがまともな論文を書いてるなら、とっくに魔法史は書き換わってるだろ」

「ばつっ‼」

シャノンが大きく手を交差する。

アインはぐぎぎと娘を睨《にら》むが、彼女は頑として引く気はない。

「わかった。ソイツの家はどこにある？」

するとギーチェが呆《あき》れたように言った。

「おい、アイン。子どもの言うことにムキになるな」

「安心しろ。ムキになってるわけじゃない。そんな大層な論文なら、じっくり見させてもらおうってだけだ。正しいのか間違ってるのか、徹底的に調べ上げてやる‼」

「どう考えても、ムキになっているだろう……」

呆《あき》れたようにギーチェが呟《つぶや》いた。

§　§　§

西地区の住宅街にリコルの邸宅はあった。

豪奢《ごうしゃ》でも、貧相でもない、ごくごく平均的な家屋である。

西地区には魔力を持たない住人が多い。

魔法省の施設や、魔導商店街、魔導学院などは中央地区に固まっている。中央地区の土地や家は高価だが、魔法が使えれば、実入《い》りの良い仕事に就くことができる。

それだけでなく、魔法行使の制限が少ない魔法特区に指定されている。メリットを考えれば、魔導師や魔術士は殆《ほとん》どが中央地区で暮らす。

もちろん、魔導学院の生徒も大半が中央地区に居住している。

リコルのように西地区に住む生徒は珍しい。

彼女の邸宅にやってきたシャノンは、リーンと呼び鈴を鳴らす。

しばらくするとドアが開き、幼い少女が顔を覗《のぞ》かせる。

「シャノンちゃん……」

リコルは驚いた様子だった。

いきなり訪ねてきたのだから、無理もないだろう。

「あそびきた！」

シャノンがそう口にすると、リコルは嬉《うれ》しそうに微笑《ほほえ》んだ。

「来てくれてありがとう、シャノンちゃん」

そう口にした後、リコルはシャノンの後ろにいたアインに気がつく。

「ぱぱ！」

と、シャノンが紹介する。

「兄はいるのか？　論文を読ませてもらいたい」

「え、えっと……」

リコルが戸惑っていると、彼女の背中から声が聞こえた。

「リコル、お客さんかい？」

やってきたのは、アインと同い年ぐらいの青年だった。

少し長めの髪で、柔和な表情をしている。

彼はアインを見るなり、驚きをあらわにした。

だが、それはアインも同じだった。

「アイン……ですよね？」

「キース」

それは思いがけない再会であった。

§29. キース②

リコルの邸宅。書斎。

アインは埃《ほこり》のかぶっていない資料に視線を向けている。

「オマエにこんな歳《とし》の離れた妹がいるとはな」

「君にこんなに大きな娘がいたことの方が驚きましたよ」

大きな、と言われたことに反応し、シャノンが自分を大きく見せようと背伸びをしている。

大人扱いされたのが嬉《うれ》しかったのだろう。

「君は同期生の集会にも顔を出しませんからね」

キースは言った。

「除籍処分だぜ。どの面下げて行くんだよ」

「僕も卒業はしていませんが？」

「オマエみたいな図太い奴《やつ》と一緒にするな」

シャノンはアインとキースを交互に見る。

そして、大きく両手を広げた。

「がくゅー！」

「コイツは入学すらしてないけどな」

と、アインがキースを指す。

シャノンの顔が疑問でいっぱいになった。

「僕は魔力がないんですよ。だから、魔法史の授業にだけ特別に出席させてもらっていたんです」

キースは学生時代を振り返る。

彼とアインが出会ったのは、魔法史の授業が終わった後の教室だった――

§　§　§

アインの学生時代。

私服のキースが魔法史書を読み、羊皮紙にペンを走らせていた。

それを遠巻きに見ていた男子学生が頭を捻《ひね》った。

「なあ、あんな奴《やつ》いたっけ？　なんで私服なんだ？」

「有名だぜ。魔力無しのキース。魔法史学だけ受講してるんだと」

「はー。そりゃ、まあ、魔法史学者なら魔力はいらないって建前だけど……なれると思ってんのかねぇ」

「あんなにガリ勉しちゃってな」

小粋なジョークを飛ばしたつもりなのか、二人は声をそろえて笑った。

（別になれると思ってるわけじゃない。でも、研究するのは自由だ）

そんなことを考えながら、キースは二人の会話を聞いてないフリをする。

それでも、ページをめくる手は鈍くなった。

「邪魔だ」

噂話《うわさばなし》をしていた二人を一人の学生が押しのける。

「なにしやが……！」

文句を言おうとした男子学生は、その学生の顔を見て言葉を飲んだ。

「なんだ？」

「い、いや……わ、悪い……アイン」

アインは去っていく。

気圧《けお》されながら、その背中を二人の生徒がぼんやりと見る。

「あいつ、こないだの実技と学科、また満点だったよな」

「噂《うわさ》じゃ基幹魔法の研究をしてるって」

「マジかぁ。卒業したら、六智聖ぐらいになっちまうんじゃねえか？」

教室を出ようとしたアインが、ふとキースの方を見る。

彼の視線は歴史書に注がれていた。

「旧ルビニア文字か？」

驚いたようにキースが振り返る。

話しかけられるとは思ってもみなかったといった顔である。

（アイン・シュベルト……？　首席入学の……）

キースは一目で気がついた。

それほど学内でアインは有名だった。

「読めるのか？」

　真顔でアインは問う。

　僅かに興味の色が見て取れた。

「……一応」

　すると、アインはキースの隣の席に座った。

「……えと……」

　アインは魔導書を取り出し、ページを開く。

「ここの旧ルビニア文字、わかるか？」

「は、はい。『魔法を極めるとは真理の追究に他ならず、真理の追究とは――』」

　アインの疑問に答える形で、キースはすらすらと旧ルビニア文字を読み上げていく。

　アイン自身、旧ルビニア文字を学んではいるものの、読めるのは簡単な文章のみだ。難解な魔導書をいとも容易《たやす》く読むキースに、彼は内心で舌を巻く。

　そのまま自然な流れでアインはキースから、旧ルビニア文字を習い始めた。

「――ですから、この場合の『ジ・エズ・ブル』は持たざる者の義務、魔導師への感謝を表しています」

「ふぅん。偉そうな言葉だな」

「僕は好きですけどね。感謝を忘れないという心がけですし」

「魔導師が魔法を開発してるから、魔力無しは感謝しろって？　別に感謝されたくて研究してるわけじゃないだろ」

よほど気に入らないのか、アインは憎まれ口を叩《たた》く。

「魔力がない人間にだけ不自由があるなら、それは魔法技術の敗北だ」

「……しかし、現実問題……」

なんと答えればいいのかキースが迷っていると、鐘の音が鳴った。

「あ……授業はいいんですか？」

「次の教師はパスだ。無能に習うと勘が鈍る」

アインが率直に答えた。

(僕に旧ルビニア文字を習ってるのはいいのか？)

と、キースは少し不安になった。

「なあ、オマエ、魔法史学者になるのか？」

「……いえ。なれるものならなりたいですが、僕は魔力がないんですよ」

「なれるだろ」

キースが目を見開き、アインを見返した。

「なに驚いてんだ？　魔法史学者に魔力はいらないぜ」

「……それは、そうなんですが……」

「謙遜するな。独学で旧ルビニア文字をマスターする奴《やつ》がなれないわけあるか」

大真面目にアインが言う。

彼がお世辞を言う類いの人間ではないことは出会って間もないキースにもよくわかった。

「研究対象、アゼニア・バビロンにしろよ。調べたいことがあってな。新魔法を開発したら、オマエに仕事頼むから」

矢継ぎ早に言うアイン。

面食らったキースだったが、やがて嬉《うれ》しそうに笑った。

「アゼニア・バビロンの研究は、興味深いですよね」

「ちゃんとやっとけよ」

§　§　§

リコルの邸宅。書斎。

過去を思い返しながら、アインは言った。

「アゼニア・バビロンが開発していた基幹魔法は四大系、か。ちゃんと約束を守ってるみたいだな」

「いえ」

諦観したような顔でキースは言った。

「僕は魔法史学者にはなれませんでした」

§30．魔導署名

リコルの兄、キースの述懐。


——魔法史が好きだった。

——真理に立ち向かう魔導師たちが好きだった。

——彼らは生涯をかけて、一握りの謎を解き明かす。

——一人一人の発見は小さくとも、時代を越えて、それらが集まることで世界を豊かに変える。

——今日の暮らしは皆、かつての魔法研究の賜物《たまもの》だ。

——すべての魔導師に敬意を。

——魔法を使えない僕でも、彼らの偉業を称《たた》えることはできる。

——そう……思っていたんだ……

§　§　§

二年前——

「……魔導署名を……？」

魔法省アンデルデズン魔法史塔にて、キースは絶望を貼り付けたような顔をした。

「規定の変更があった。魔法史論文の発表に際しては魔導署名を必須とする。魔法史学者認定試験においても今回から導入される」

役人が言った。

法衣を纏《まと》った彼も、また魔導師の一人である。

「……ですが、その、僕は魔力がなくて……魔導署名は……」

「魔導署名がないものは受理できない」

「な、なんとかなりませんかっ？　論文には自信がありますっ！　読んでさえいただければ……!!」

「キース君。魔導署名というのは指紋と同じく、一人一人異なるものだ。それはね、魔導師の魂の形なのだよ」

役人は説明する。

「魔導師の魂がない人間は嘘《うそ》をつく」

キースは愕然《がくぜん》とした。

なんの根拠もない理由だったからだ。

「……そんな理論を発表した魔導師はいません……」

「魔法史学者になってから言いたまえ。魔力無しのキース君」

§　§　§

リコルの邸宅。書斎。

「魔導学院の先生や、助手として働かせてもらっていた魔法史研究室の室長を頼り、認定試験を受ける方法がないか探しました」

キースは淡々と自らの身に起きた過去の出来事を語っていた。

「ですが、室長は僕に頭を下げて、助手をやめてくれないかと言いました」

それを聞き、アインの視線が険しくなる。

凡《およ》その事情を察したのだ。

「なぜかな？」

よくわからないといった風に、シャノンが首をかしげる。

「理由を聞いても、申し訳ないと繰り返すばかりでしたが、恐らく」

「魔導学界の圧力だろ。どでかい村社会だからな」

アインが言う。

「キースが試験を受ける年から魔導署名が必要ってのも、偶然じゃないかもな」

「ぐうぜんじゃないなら、なあに？」

シャノンが聞く。

「魔力無しでありながら、有能なキースが気に入らなかった。お偉いさんの誰かがな」

「わるいやつら！　ぐるぐるにしてやる！」

シャノンが意気込み、ぐるぐると手を回している。

隣でリコルが「ぐるぐるするとどうなるの……？」と聞いていた。

「キース。シャノンがいって、ぐるぐるにしてくる！」

それを聞き、彼は困ったように微笑《ほほえ》んだ。

「……僕も魔法史学を学ぶ一人でした。しきたりや伝統、文化を、合理的ではないという理由で壊すつもりはありません。彼らは今も僕にとって」

ぐっと感情を堪《こら》えながら、キースは言う。

「敬意に値する魔導師です。ですから」

諦めたようにキースは言った。

「ただ僕に魔導師の魂がなかったことだけが、残念でなりません」

「オマエ、来週暇か？」

「……え、ええ。この時間でしたら……？」

「じゃ、つき合え。オレの研究を見せてやるよ」

含みのある笑みを覗《のぞ》かせ、アインはそう言った。

§　§　§

ホルン鉱山。

呼び出されたアナスタシアが声を荒らげた。

「いきなり呼び出したと思ったら、高純度のプラチナラピスを採掘しろってどういうことですのっ？」

「なるべく長さがいる。一〇センチ以上だ」

「はあっ？　第十位階級ですわよ、第十位階！　そんなに気軽に採掘できると思ってますの？」

「だから、オマエに頼んでるんだ」

そう言われると、アナスタシアは得意げな笑みを見せた。

「仕方ありませんわね。【石姫】と呼ばれたわたくしなら、もちろん余裕ではありますけども」

「今日中な」

「はあっ⁉」

「【石姫】と呼ばれたオマエでもできないのか？」

「で、できますわよっ。それぐらい、すぐにやってみせますわっ！」

ドドドドドドド、とアナスタシアが魔法での採掘を開始する。

「ついでに、高純度のブルーミスリルも頼む」

「あなた調子に……」

「【石姫】ならできる」

アナスタシアは優越感とふざけるなが鬩《せめ》ぎ合《あ》うような表情をする。

「じ、児童虐待ですわ――――っ‼」

叫びながらも、僅かに優越感が勝ったか、アナスタシアは【削岩採掘人形《ディイモテイ》】を作り出していた。

§　§　§

湖の古城。

アインは魔導工房にこもり、アナスタシアが採掘した魔石とミスリルを用いて、器工魔法陣を作っている。

その表情は真剣そのもので、寝食も忘れ、彼は研究に没頭した。

§　§　§

そして、約束の一週間後――

キースは目の前の建物を見上げ、半ば呆然《ぼうぜん》としていた。

アンデルデズン魔法史塔である。

「行くぞ」

アインは迷わず魔法史塔の中へ入る。

「アイン、こんなところでいったいなにを……？」

彼を追いかけながらキースは戸惑った様子で聞いてくる。

「魔法史塔ですることは一つだろ。魔法史論文の提出だ」

アインは魔法陣から、数枚の羊皮紙を取り出す。

「それは……？」

「オマエの研究論文だ。アゼニア・バビロンは四つ目の基幹魔法を研究していた」

受付のカウンターに、アインはその羊皮紙を置く。

「事前申請したキース・コートリーズだ」

「魔法史学者認定試験の論文だね。こちらに魔導署名をして、しばらくお待ちなさい」

受付の役人は申請書を差し出した後、論文を手にして奥へ向かった。

「アイン、なにを考えて……？」

キースの目の前に、アインは万年筆を差し出した。

「これで署名しろ」

「ですが……」

「魔力がない人間にだけ不自由があるなら、それは魔法技術の敗北だ」

それは学生時代の彼が口にしたのと同じ言葉だ。

「魔法はもっと公平だぜ」

半信半疑ながらもキースは促されるままに万年筆を手にして、申請書に署名した。

書かれた文字が、うっすらと光り輝いている。

「魔導署名が魂の形とするなら、魔力のない人間に魔導師の魂はないというのが定説だった。署名できないんだからな」

アインは説明する。

「だが、歯車大系の器工魔法陣を組み込んだ、この噛合魔導筆《こうごうまどうひつ》は魔力を必要としない。にもかかわらず、その魔導署名は使い手によって波長の違う独自の光を放つ。定説は誤りだった」

信じられないといった顔でキースは自らが書いた魔導署名を見つめた。

確かに、できているのだ。

できなかったはずの魔導署名が。

「それがオマエの魂の形だ」

キースは息を呑《の》む。

その瞳には、じわりと涙が滲《にじ》んでいた。

役人が戻ってきて、申請書を魔眼で確認する。

「確かに。合否は追って通達する」

申請書を手にして、役人がまた奥へ去っていく。

感極まったように、キースはその場から動けなかった。

かつて誰に頼んでも申請できなかったその書類が、あまりにも呆気《あっけ》なく受理されたのだ。

「論文も資料も埃《ほこり》をかぶっていなかった。研究を続けていた人間の工房だ」

アインは腕を回し、キースと肩を組んだ。

「魔導学界の動きは早いぜ。三日後には、アゼニア・バビロンが研究していた基幹魔法が三大系から四大系にひっくり返る。どんな気分だ？」

アインがそう尋ねるも、キースは涙をこぼすばかりで返事をすることができなかった。

§　§　§

アンデルデズン魔導学院幼等部。教室。

「今日は魔法史の新説を発表した魔法史学者のキースさんに、特別に来てもらったわ」

教壇に立つセシルが、キースを紹介する。

簡単な挨拶を終えた後、キースは授業を始めた。

「アゼニア・バビロンが開発していた基幹魔法が四大系であることがわかりました。それも、四つ目の基幹魔法はこの時代にも開発されていません。謎が多いこの四つ目の基幹魔法を、仮に『十四番大系』と呼ぶことにしています」

授業をしながら、キースは生徒たちの席に目を向ける。

シャノンやリコルの姿があった。

二人は嬉《うれ》しそうに、授業に耳を傾けている。

キースは思う。


――魔法史が好きだった。

──真理に立ち向かう魔導師たちが好きだった。

──彼らは生涯をかけて、一握りの謎を解き明かす。

──一人一人の発見は小さくとも、時代を越えて、それらが集まることで世界を豊かに変える。

──だけど、ときに、

──偉大な魔導師は、一握りでとても大きな真理をつかむ。


『──なれるだろ』


──彼がそう言ってくれなければ、今の僕はなかった。

──彼がこの魔導具を渡してくれなかったら、僕はここに立っていなかった。

──魔法史に名を残すことのない彼の言葉を、それでも僕は刻みたい。


「ある魔導師が言いました」

生徒たちに、キースは語る。

魔法史学者として、確かな歴史を。

「魔力がない人間にだけ不自由があるなら、それは魔法技術の敗北だ」

第一章　歯車大系の誕生編　了

あとがき

本作は講談社《こうだんしゃ》様の漫画アプリ『マガポケ』で連載中の漫画『魔法史《まほうし》に載《の》らない偉人《いじん》』をノベライズしたものとなります。漫画の原作も私が担当しておりまして、作成の工程としましては漫画のネームを作る前段階にプロットというテキスト形式のみでストーリーを綴《つづ》ったものがあるのですが、そちらを小説で作成するという方式をとっています。

少々実験的な試みなのですが、漫画が好きで、よく読んでいたので、漫画原作もやってみたいという想《おも》いがまず一番にありました。

またメディアミックスをした場合の原作再現が、どこまでできるものなのかという部分に興味がありました。

媒体の違い、漫画は映像表現が強く、小説は基本的に文章表現のため、たとえばコミカライズをした場合、どうしても原作を再現しきれない、といった現象が起こると一般には言われています。ただ本当にそうなのか、という疑問がありました。映像表現と文字表現の違いは勿論《もちろん》ありますが、そういった媒体の違いによるものよりも、原作を再現しきれないと思い込んでいること、違うのが当たり前と思っていることこそ、なにより原作再現を難しくしてしまっている要因かもしれないな、と考えたのです。

そのため、原作の漫画では私がネーム（漫画の設計図）を作成しております。絵が苦手なのでどうしようかと思ったのですが、３Ｄモデルとモーションキャプチャシステムを使うという案にて実現性が高まり、講談社様や作画担当の外ノ先生からも、この出来ならＯＫということでネーム担当もやらせていただけることとなりました。

本作は、原作である漫画を限りなく忠実に再現したノベライズであり、工程としては小説先行なので、限りなく小説を忠実に再現した漫画であるとも言えます。勿論《もちろん》、媒体の違いにより多少の差異はあります。『魔法史に載らない偉人』の漫画一巻もちょうど八月九日発売予定なので、ぜひぜひ見比べていただけましたら嬉《うれ》しいです。個人的には、媒体の違いによる差はこれぐらいしか出ないと言えるだけのものができ、とても満足しております。

さて、本作のイラストレーター・にもし先生には大変素晴らしい絵を描いていただきました。格好いいアインや可愛《かわい》らしいシャノンのイラストの数々、本当にありがとうございます。

担当編集の吉岡《よしおか》様にも、少々変則的なノベライズを受け入れてくださり、とても感謝しております。ありがとうございます。

最後になりますが、本作をお読みいただきました読者の皆様に心よりお礼を申し上げます。

これからも頑張りますので、漫画共々どうぞよろしくお願いいたします。

二〇二二年六月一三日　秋《しゅう》

本書に対するご意見、ご感想をお寄せください。

ファンレターあて先
〒102-8177　東京都千代田区富士見2-13-3
電撃文庫編集部
「秋先生」係
「にもし先生」係

本書は、「小説家になろう」に掲載された『魔法史に載らない偉人　～無益な研究だと魔法省を解雇されたため、新魔法の権利は独占だった～』を加筆修正したものです。

電撃文庫

魔法史《まほうし》に載《の》らない偉人《いじん》
～無益《むえき》な研究《けんきゅう》だと魔法省《まほうしょう》を解雇《かいこ》されたため、新魔法《しんまほう》の権利《けんり》は独占《どくせん》だった～

秋《しゅう》

2022年８月10日　初版発行

発行者	青柳昌行
発行	株式会社KADOKAWA 〒102-8177　東京都千代田区富士見2-13-3 0570-002-301（ナビダイヤル）
装丁者	荻窪裕司（META＋MANIERA）
印刷	株式会社暁印刷
製本	株式会社暁印刷

ISBN978-4-04-914535-9　C0193　Printed in Japan

電撃文庫　https://dengekibunko.jp/

電撃文庫創刊に際して

文庫は、我が国にとどまらず、世界の書籍の流れのなかで〝小さな巨人〟としての地位を築いてきた。古今東西の名著を、廉価で手に入りやすい形で提供してきたからこそ、人は文庫を自分の師として、また青春の想い出として、語りついできたのである。

その源を、文化的にはドイツのレクラム文庫に求めるにせよ、規模の上でイギリスのペンギンブックスに求めるにせよ、いま文庫は知識人の層の多様化に従って、ますますその意義を大きくしていると言ってよい。

文庫出版の意味するものは、激動の現代のみならず将来にわたって、大きくなることはあっても、小さくなることはないだろう。

「電撃文庫」は、そのように多様化した対象に応え、歴史に耐えうる作品を収録するのはもちろん、新しい世紀を迎えるにあたって、既成の枠をこえる新鮮で強烈なアイ・オープナーたりたい。

その特異さ故に、この存在は、かつて文庫がはじめて出版世界に登場したときと、同じ戸惑いを読書人に与えるかもしれない。

しかし、〈Changing Times,Changing Publishing〉時代は変わって、出版も変わる。時を重ねるなかで、精神の糧として、心の一隅を占めるものとして、次なる文化の担い手の若者たちに確かな評価を得られると信じて、ここに「電撃文庫」を出版する。

1993年6月10日
角川歴彦